시나리오,
세상에서 가장 쉽게 쓰기

시나리오,
세상에서 가장 쉽게 쓰기

글 이무영

WRITING SCREENPLAY
A PIECE OF CAKE

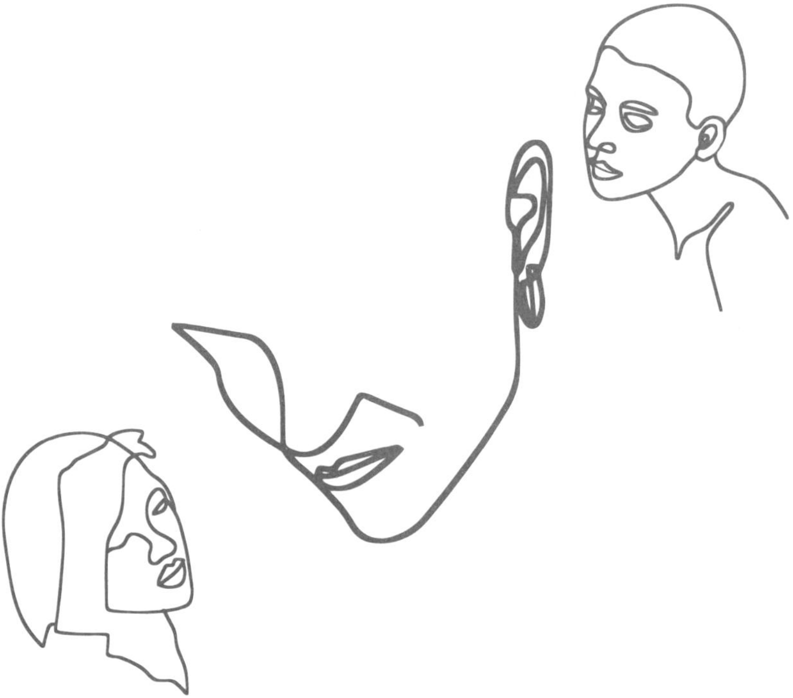

문학의 문학

들어가는 말

시나리오를 쓰는 건 참으로 쉬운 일이 아니다. 지금까지 무려 35편 정도의 장편을 썼음에도 불구하고 여전히 어렵다.

다 마친 후에 작가 스스로 만족하고, 제작자나 감독까지 설득할 수 있는 시나리오를 쓴다면 일단 다행이다. 하지만 이렇게 박수를 받으며 출생한 시나리오도 극장에서 관객에게 외면당하기 부지기수다.

이 정도면 시나리오 쓰기는 축복이기보다는 저주로 끝날 가능성이 십중팔구다. 하지만 그럼에도 불구하고 시나리오 쓰기는 여전히 떨칠 수 없는 엄청난 매혹이다. 왜일까?

이유는 간단하다. 시나리오 쓰기가 창조적인 작업이기 때문이다. 창세기 1장 31절은 천지창조를 완성한 신의 감회를 다음과 같이 기록했다.

"하나님이 지으신 그 모든 것을 보시니 심히 좋았더라!"

물론 시나리오 한 편을 천지창조에 비교하는 건 크나큰 불경일 수 있다. 하지만 무에서 유를 만들어낸다는 면에서만큼은 충분히 유사성을 주장할 수 있을 것이다.

마치 신이 6일 동안 정성스럽게 세상을 창조했듯 작가도 온 정성을 다해 시나리오를 만들어내야 한다. 마지막 씬 끝에 마침표를 찍고 '끝!'이라고 쓰는 순간의 희열을 위해 작가는 기나긴 시간 동안 어마어마한 고통을 감내해야 한다. 마치 산모가 그렇듯 말이다.

밴 고흐는 평생 가난 속에 고통받으면서도 엄청난 양의 그림을 그렸다. 정신질환이 심해진 말년에 그린 작품 수는 오히려 그 전보다 더 많았다. 그렇다면 왜 그는 한 점도 팔지 못하는 그림을 계속 그렸을까?

그건 당연히 샘솟는 창작의 욕구 때문이다. 이런 욕구는 모든 예술과 문학의 원동력이며 밑거름이다. 시나리오작가는 늘 주체할 수 없는 창작의 욕구로 무장돼 있어야 한다.

물론 의욕만으로 훌륭한 시나리오작가가 되는 건 아니다. 당연히 배움의 과정과 여러 차례 쓰라린 실패의 경험을 통해 마침내 작가의 길로 들어설 수 있을 것이다.

그렇다면 훌륭한 작가가 되기 위해 시작단계에서 갖춰야 할 태도는 무엇일까?

첫째, 두려움을 버려야 한다!

두려움은 모든 창작의 적이다. 그 어떤 시나리오작가도 데뷔하기 전엔 경험 부족으로 크고 작은 어려움들을 겪는다. 혼자만 모자란 게 아니니 괘념치 말란 얘기다. 성실하다면 여러 차례 난관에 부딪치는 경험을 통해 나날이 성장하는 스스로를 발견할 수 있을 것이다.

둘째, 자신의 인생영화를 뽑아 시나리오를 베껴보아라!

시나리오 작법에 관한 책을 읽는 것만큼이나 좋은 방법이다. 영화를 보며 대사와 지문 등을 옮겨 적는 것이다. 더 나아가 액션과 상황, 장소 등도 적어보아라.

이런 연습의 반복은 분명 큰 도움이 된다. 등장인물들의 감정이 더 쉽게 이해가 되고, 또 영화가 어떤 의미를 전하려는지 등이 명확해진다. 다 마치고 나서 내가 베낀 글을 영화와 비교해보면 어떤 커다란 깨우침을 얻을 것이다.

셋째, 닥치는 대로 읽고, 보고, 들어라!

시나리오의 영감을 얻기 위해선 독서가 필수다. 특히 단편소설이 좋다. 영감은 영화나 미술, 음악 등에서도 얻을 수 있다.

또한 술자리 등에서 다른 사람들의 이야기를 흘려듣지 말아야 한다. 타인들과의 대화에서 시나리오의 아이디어가 쏟아지는 경우가 허다하다.

마지막으로, 메모하라!

경험이 풍부한 작가가 순간적으로 아이디어를 뇌의 창고에 효과적으로 저장하는데 반해 아마추어는 그렇지 못하다. 그렇기 때문에 일단 새로운 아이디어와 맞닥뜨리면 무조건 기록해놔야 한다. 언제 그것들이 황금과 다이아몬드로 변할지 아무도 모른다.

모든 영화시나리오는 흥미롭고, 동시에 어떤 특별한 의미를 갖춰야 한다. 영화를 보는 내내 관객을 흥미의 도가니로 몰아넣어야 하고, 끝난 후엔 새로운 깨우침을 그들 마음에 심어줘야 한다.

그러기 위해 시나리오작가가 내세우는 가장 큰 무기는 당연히 주인공이다. 작가는 주인공의 확고한 목표를 설정함과 동시에 그가 그걸 쟁취하기 위해 애쓰는 모습을 보여줘야 한다. 클라이맥스에서 주인공은 목표달성에 성공할 수도, 실패할 수도 있다. 살 수도, 죽을 수도 있다.

이 책은 작가가 어떻게 성공적으로 영화 주인공의 목표를 설정하고 효과적으로 그의 여정을 클라이맥스와 결말로 이르게 할지, 그 방법을 알려주려 한다.

주인공이 간절히 자신의 목표가 이뤄지기 바라듯 필자도 이 책이 시나리오를 쓰려는 이들에게 작은 도움이라도 될 수 있길 간절히 소망하는 마음이다.

* 독자가 수십, 수백 편의 영화를 보는 수고를 덜어주기 위해 주로 영화 〈밀양〉과 〈마더〉, 〈복수는 나의 것〉 세 편을 예로

들었으니 책을 읽기 전에 꼭 대한민국을 빛낸 이 세 편의 영화를 보기 바란다.

2021년 11월

이무영

시나리오의 영감 – 소재와 주제

소재,
어디서 찾는가?

극작의 영감은 다양한 소재를 통해 작가의 감성과 이성을 자극한다.

그렇다면 영화에서 소재는 무엇인가? 사전적 의미로 말한다면 '글의 재료'일 것이다.

요리사에게 재료는 필수다. 하다못해 라면 하나를 끓이는 경우에도 면과 물, 수프, 파, 계란 등이 필요하다.

작가에게 소재는 시나리오의 원동력이다. 마치 자동차에 연료가 없으면 굴러가지 않듯 시나리오작가에게 아무 소재도 없다면 글을 시작할 수 없다.

요즘 전기자동차도 많이 굴러다닌다고 시비 걸지 마라!

그럴 경우 전기는 무엇인가? 소재다.

음식 만들기에 필요한 소재는 대부분 구매해야 하지만 시나리오의 영감을 위해 필요한 소재는 물과 공기처럼 대부분 무료다. 그리고 주변에 널려있다.

귀동냥으로 듣는 이야기와 매일의 뉴스거리, 위대한 문학과 영화, 음악 등 다양한 예술품들, 타인에 대한 관찰, 작가의 아이디어나 세계관 등은 언제나 훌륭한 영화의 소재로 활용될 수 있다. 심지어 흐르는 강물이나 바람에 흔들리는 나뭇잎 등 자연현상이나 꿈을 통해서도 영화적 영감을 얻을 수 있다. 내가 참여했던 시나리오들을 탄생케 한 소재를 살펴보자.

1) [본 투 킬](장현수 감독, 1996)

살인청부업자와 호스티스의 사랑 이야기.

2) [삼인조](박찬욱, 1997)

지난 1970년대 말 문도석과 이종대 카빈총 강도사건을 모티브로 삼았다. 이장호 감독의 [그들은 태양을 쏘았다](1981)도 동일 사건을 다룬 작품. 이장호는 진지한 드라마로, 박찬욱과 나는 코미디와 비극을 버무리는 형식으로 풀었다.

3) [간첩 리철진](장진, 1999)

북한의 식량난, 그리고 이를 해결하기 위해 유전자조작을 통해 만들어진다는 슈퍼 돼지의 아이디어.

4) [아나키스트](유영식, 2000)

일제강점기 무정부주의 혁명가 집단 '의열단'의 투쟁사.

5) [공동경비구역 JSA](박찬욱, 2000)

판문점 내 남북 병사의 비밀스런 내통.

6) [휴머니스트](이무영, 2001)

부잣집 부모를 불태워 죽인 패륜아 박한상.

7) [복수는 나의 것](박찬욱, 2002)

자본주의에 대한 성찰.

8) [소년, 천국에 가다](윤태용, 2005)

미혼모의 아들로 태어나 미혼모와 결혼하는 게 꿈이 되어버린 13세 조로증(早老症) 소년 네모.

9) [아버지와 마리와 나](이무영, 2008)

불법이라 손가락질 당하는 마리화나를 위한 변명.

10) [한강블루스](이무영, 2016)

세상 밖으로 밀려나는 약자, 소수자들에 대한 연민.

다른 작가들에게 영감을 준 영화 소재도 아울러 살펴보자.

1) [명량](김한민, 2014)

임진왜란 당시 이순신 장군의 해전사.

2) [국제시장](윤제균, 2014)

대한민국의 현대사.

3) [변호인](양우석, 2013)

노무현 전 대통령의 변호사 시절 삶.

4) [택시운전사](장훈, 2017)

'518 민주화운동' 당시 광주 학살을 전 세계에 알린 독일 기자 위르겐 힌츠페터를 태우고 광주까지 간 무명의 택시 운전사.

5) [밀양](이창동, 2007)

이청준 작가의 단편 〈벌레〉, 그리고 용서에 관한 성찰.

6) [베테랑](류승완, 2015)

부패한 재벌과 맞서 싸우는 용감한 형사.

7) [기생충](봉준호, 2019)

빈부격차와 물질만능주의, 비뚤어진 교육열 등 대한민국 천민자본주의의 실상.

직접 경험 대 간접 경험

시나리오작가가 직접 경험을 통해 영화적 소재를 찾는 건 길을 가다 보석을 발견하는 것처럼 매우 귀한 일이다.

유하 감독은 유신이 몰락하던 시절 직접 겪었던 학창시절을 바탕으로 [말죽거리 잔혹사](2004)를 만들었다. 부도덕한 교육 시스템 속에 난무하는 패싸움과 체벌 등의 부조리, 이소룡이 되고 싶은 욕망, 첫사랑의 쓰라린 경험 등을 영화 속에 버무렸다.

얼마 전 영화계를 강타한 독립영화 수작 [벌새](2019)도 1994년 성수대교 붕괴사건 즈음 김보라 감독의 자전적 경험을 바탕으로 만들어진 영화다.

하지만 작가가 항상 자신의 경험만을 소재로 시나리오를 쓰는 건 불가능하다.

인간의 평균수명은 1백 살도 되지 않는다. 많은 것을 경험하기에 턱없이 부족한 시간이다. 어쩔 수 없이 작가는 많은 경우 자신의 작품에 관한 영감을 간접경험의 방식으로 얻어야 한다.

간접경험 중 가장 쉬운 건 다른 사람의 얘기를 훔치는 거다. 이 경우 작가가 나중에 자신의 '절도 행위'를 고백하는 경우는 거의 드물다. 이런 작가들에게 조언한다.

"법적으로 문제 될 리 없겠으나 양심의 자유를 얻으려면 피해자에게 고백하고 감사하도록 하라!"

나는 이야기 도둑질의 선수다. KBS 아나운서 출신 선배와의 대화를 통해 알게 된 전두환 정권의 방송검열을 소재로 소설 〈각하는 로맨티스트〉(2013년)를 썼다. 산후우울증으로 빚어진 유아 살해의 비극에서 영감을 얻은 시나리오 〈겨울 방랑자〉(미발표) 역시 장물이다.

좋은 작가가 되려면 남의 이야기를 잘 듣고 훔쳐야 한다. 술자리 등에서 되도록이면 떠들지 말고 남의 말에 귀를 기울여라! 그래야 이야기를 도둑질당하지 않고, 역으로 훔칠 수 있다.

면밀한 주변관찰을 통해서도 얼마든지 영화적 영감을 얻을 수 있다. 마닐라에서 봤던 십대 미혼모와 그녀의 품에서 코 흘리던 아기, 초점 잃은 눈으로 나를 바라보던 뉴욕 타임스퀘어의 노숙자, 심지어 해고당한 친구의 수심 깊은 얼굴도 나의 영화 소재창고에 소중히 보관돼 있다. 그것들은 언젠가 새로운 시나리오로 이 세상에 모습을 드러낼 것이다.

이처럼 직간접 경험 외에도 작가는 다양한 통로를 통해 얼마든지 새로운 소재를 찾을 수 있다. 그렇기 때문에 작가는 세상 돌아가는 일과 타인의 삶에 깊은 관심을 가져야만 한다. 뉴스나 문학, 미술, 음악, 역사 등도 작가에게 무궁무진한 소재거리를 제공한다.

뉴스의 경우다.

[효자동 이발사](임찬상, 2004)는 박정희 전 대통령 담당이발사의 잡지인터뷰에서 시작된 영화다.

[홀리데이](양윤호, 2005)는 '유전무죄, 무전유죄'를 외쳤던 1988년 지강헌의 탈주극에서, [도가니](황동혁, 2011)는 광주 인화장애아학교 장애아 성폭행 사건을 바탕으로 만들어졌다. 황동혁은 최근 난리 난 넷플릭스 드라마 [오징어 게임]의 작가/감독이다.

[도가니]는 공지영 작가의 동명 소설을 바탕으로 제작됐으니, 문학이 소재가 된 셈이기도 하다. 문학을 소재로 삼은 다른 작품으로는 조정래와 히가시노 게이고의 원작을 영화화한, [태백산맥](임권택, 1994)과 [용의자 X](2012, 방은진) 등이 있다. 이 외에도 문학을 영감으로 삼은 작품은 셀 수 없이 많다.

음악과 미술도 정말 많다.

[하모니](강대규, 2010)는 여자교도소 합창단, [고고 70](최호, 2008)은 1970년대 인기밴드 데블스, [세시봉](김현석, 2015)은 역시 70년대 트윈폴리오와 이장희, 조영남 등의 음악에서 모티브를 따왔다.

[아임 낫 데어](토드 헤인즈, 2008)는 밥 딜런의 음악과 기행, [인사이드 르윈](조엘과 에단 코엔 형제, 2013)은 1960년대 초반 뉴욕 그린위치 빌리지의 포크 씬, [도어즈](올리버 스톤, 1993)는 록밴드 도어즈의 리드싱어 짐 모리슨의 삶을 다룬 작품이다.

[폴락](에드 해리스, 2000)은 1940년대 추상화가 잭슨 폴락, [프리다](줄리 테이머, 2002)는 멕시코의 사회주의 여류화가 프리다 칼로, [나의 왼발](짐 쉐리단, 1989)은 왼발만을 쓰는 장애화가 크

리스티 브라운의 삶과 예술을 영감으로 삼았다.

밴 고흐를 다룬 영화는 구로사와 아키라 감독의 [꿈](1990)과 [밴 고흐](모리스 피알라, 1991), 그의 마지막 날을 다룬 [고흐, 영원의 문에서](줄리안 슈나벨, 2018) 등 무려 열 작품 가까이 된다.

한 점의 그림 자체가 영화의 소재가 된 경우도 있다. [사이코](알프레드 히치콕, 1060)의 모티브가 된 미국 리얼리즘화가 에드워드 호퍼의 〈철길 옆의 집〉(House by the Railroad)이 대표적인 예다.

마지막으로 시나리오작가는 절대로 역사에 문외한이 되면 안 된다. 역사적 인물과 사건들이 지금까지 수많은 영화의 소재로 사용돼 왔기 때문이다.

백제 패망 직전 계백과 김유신 장군의 대결을 다룬 [황산벌](이준익, 2003)과 [국제시장], 워터게이트 스캔들과 1960년대 미국 인권운동가들의 죽음을 파헤친 [닉슨](올리버 스톤, 1995)과 [미시시피 버닝](알란 파커, 1988) 등이 역사적 이벤트를 주요 소재로 삼은 케이스다.

지난 2006년 칸영화제 황금종려상에 빛나는 [보리밭을 흔드는 바람](켄 로치, 2006)은 아일랜드 독립투쟁사를 다룬 걸작이다.

당신 영화의 주제는 무엇인가?

주제가 뭔지 사전을 찾아보면 '중심이 되는 문제', 또는 '작가가 드러내고자 하는 기본적 사상'이라 쓰여 있다. 아주 쉽게 말하면 영화를 통해 작가가 표현하려는 생각이나 세계관, 또는 사상이라고 할 수 있다.

기본적으로 영화는 작가가 나열하는 줄거리보다 훨씬 더 크고 넓은 주제의식을 갖고 있어야 한다. 줄거리의 전개를 통해 영화를 보지만, 결국 마지막에 관객의 가슴에 남는 어떤 중요한 의미가 있어야 한다는 말이다.

[복수는 나의 것]은 자본주의의 악독한 폐해를 거침없이 비판한다. 자본주의가 견고해지면 견고해질수록 패자의 숫자는 더 많아질 거라고 경고한다. 마지막에는 아예 대놓고 무정부 테러단체를 등장시켜 이 체제를 무너뜨리고픈 욕망마저 드러

낸다.

[1987](장준환, 2017)은 과거 군사정권의 죄악을 고발함과 동시에 수많은 이들의 헌신으로 독재체제가 붕괴될 수 있었다고 주장한다.

[밀양]은 한없이 미약한 인간의 존재에 관한 심오한 질문을 던진다.

주제는 감성일 수도, 신념일 수도 있다. 인간이 보편적으로 느끼는 사랑과 야망, 죄책감, 명예, 책임감, 그 외 모든 것들이 주제가 될 수 있다. 단 무엇이 주제이든 관객이 작가가 주장하려는 바에 동의하거나, 동의하지 않더라도 이해할 수는 있어야 한다.

아무리 스릴이나 웃음이 풍부하다 해도 영화에 주제가 결여돼 있다면, 관객들의 마음을 움직이기가 쉽지 않다. 이 경우 관객은 극장 문을 나서는 즉시 방금 봤던 영화를 뇌리에서 지워버릴 것이다.

물론 주제에 대한 무거운 마음을 지닌 채 시나리오를 시작하는 건 매우 어리석은 짓이다. 주제라는 옷에 몸을 끼워 맞추듯 스토리라인을 억지로 생각해 쑤셔 넣는 방식으로 시나리오를 쓰는 건 자학이며 고문이다.

훌륭한 시나리오 작업은 이와 반대로 진행돼야 한다. 먼저 삼빡한 아이러니가 동반된 얘깃거리에서 시작, 점차 흥미로운 스토리라인을 형성해나가고, 궁극적으로 그 위에 자연스럽게 주제의식이 자리 잡도록 해야 한다.

그러니까 줄거리를 쓰기 시작하면서 초반에 주제가 완벽하게 드러나지 않는다고 괴로워할 필요가 없다. 심지어 아예 어떤 주제로 써야 할지 몰라도 상관없다.

가랑비에 옷이 젖듯 점차 줄거리를 쌓아나가면서 서서히 자신이 쓰는 작품이 어떤 주제를 말하는지 스스로 깨우치면 된다. 쓰고 수정하는 행위를 반복하다 보면, 시나리오가 마무리될 즈음 명확히 주제가 모습을 드러내게 된다.

비록 초반에 정확한 주제가 드러나지 않더라도 작가는 진정성을 갖고 계속 이야기를 발전시켜나가야 한다. 작가는 결국 시나리오를 통해 자신의 생각이나 사상을 드러내는 것이다. 거짓된 마음으로 쓴다면 당연히 어색하고, 억지스럽게 느껴질 것이다.

만약 수구적 태도의 작가가 세상을 뒤엎으려는 진보혁명가의 얘기를 쓴다고 하자! 이 경우 정녕 진정성이 담긴 시나리오가 나오겠는가!

작가 스스로가 설득되지 않는 시나리오로 타인을 설득할 수 있는가! 이렇게 거짓으로 글을 쓰는 작가가 설 땅이 있으면 되겠는가!

완성된 시나리오 속 주제는 선명해야 한다. 올바른 시나리오라면 작가가 누구이며, 어떤 생각을 가졌는가가 이야기 속에서 자연스럽게 드러난다.

가장 올바른 것은 작가의 감성이나 경험, 그리고 세상과 사람에 대해 그가 품고 있는 생각이 주제의 바탕이 되어야 한다는 점이다.

시나리오를 써나가면서 주제의 명확성에 대해 의심이 든다면 작가는 다음과 같은 질문을 스스로에게 던져야 한다.

1) 이 이야기는 내게 뭘 말하고 있는가?

2) 이것이 진정 내 이야기인가? 내 직접 경험이 아니더라도 내 세계관이나 감성과 일치하는 얘기인가?

위 질문에 대한 답을 얻는다면 아날로그 시절 필름을 사진으로 인화할 때처럼 어느 순간 주제가 선명하게 제 모습을 드러낼 것이다.

귀동냥으로 듣는 이야기와 매일 쏟아지는 뉴스, 문학작품과 영화, 음악 등 영화적 영감은 세상 곳곳에 널려있다. 문제는 포수가 사냥감을 찾듯 어떻게 그런 영감을 포착하느냐는 것이다.

이처럼 시나리오의 영감이 절실한 아마추어 작가들에게 단편소설 읽기를 강력 추천한다. 많은 단편소설이 장편영화 정도 길이의 이야기 구조를 갖추고 있다.

수십, 수백 편의 단편소설 독서를 통해 영화의 이야기구조를 이해함과 동시에 풍부한 영화적 영감도 얻을 수 있을 것이다.

영화의 아이디어는 어디서 얻는가!

아이디어 쌓기

어떤 소재를 찾았다면, 다음 단계는 이야기의 방향을 설계하는 일이다. 그렇기 위해선 다음 네 가지 중 하나로부터 명확한 아이디어를 확보한 후 그걸 바탕으로 서서히 발동을 걸어야 한다.

1) 인물

영화에서 가장 중요한 요소 한 가지를 고르라면 단연코 인물, 즉 캐릭터다. 영화 속 등장인물, 그중에서도 주인공은 관객의 관심을 끄는 데 가장 효과적인 무기다. 만약 작가가 매우 흥미롭고 매력적인 인물 하나를 생각해냈다면, 이보다 더 훌륭한 스타트는 없다.

주인공이 실존인물이든, 완전 허구로 창조된 인물이든 상관없다. 하지만 그 인물은 관객이 그들의 소중한 두 시간을 맡길

만큼 영화에 매력을 불어넣는 특별한 존재여야 한다. 그렇기 때문에 작가는 무조건 매력적인 주인공을 만들어내기 위해 심사숙고해야 한다.

나의 주인공은 어떤 생각을 갖고 있는가?
혹시 어떤 사명감을 갖고 있는가?
어마어마한 아픔을 지닌 채 살아가는가?
아니면 괴팍한 성격의 소유자인가?
특별한 능력이나 지식을 지닌 인물인가?
절체절명의 순간, 그는 어떤 행동을 선택하는가?

〈밀양〉의 이신애는 남편에 이어 아들까지 잃는다. 그녀는 이 엄청난 불행을 기독교에 귀의, 신앙으로 극복하려 한다.

〈복수는 나의 것〉의 류는 신부전증을 앓는 누나와 사는 청각장애인이다. 그는 직장을 잃고, 장기밀매조직에게 사기까지 당해 누나 수술비를 잃어버린다.

〈마더〉(봉준호, 2009)의 엄마는 지능이 떨어지는 어수룩한 아들 도준 때문에 매일 애간장을 태운다. 그런 와중에 도준이 살인범으로 몰리게 되는 사건이 발생한다. 어쩔 수 없이 그녀는 아들을 살리기 위해 발 벗고 나선다.

〈카사블랑카〉(마이클 커티스, 1942)의 릭은 프랑스에서 자신을 배신한 옛 연인 일사의 등장으로 인해 괴롭다. 과거 정의를 위해 싸웠던 그는 양심에 따라 그녀의 남편 빅터 라즐로를 도와야 할지, 복수심으로 매몰차게 외면할지 고민한다.

2) 사건

인간은 살며 크고 작은 사건들을 무수히 겪는다. 그중에서 삶에 큰 변화나 깨우침을 불러일으키는 특별한 사건을 만나는 경우가 있다.

사랑하는 사람이 이별을 통보하거나, 가장 가까운 친구가 사고를 당해 죽기도 한다. 사기를 당해 하루아침에 전 재산을 잃거나, 반대로 복권에 당첨돼 억만장자가 될 수도 있다.

인생 가운데 만나는 이런 굵직한 사건은 한 사람의 운명을 송두리째 바꿔놓는다.

〈밀양〉에서 신애는 새로운 삶을 개척하기 위해 이주한 밀양에서 아들을 잃어버린다. 그리고 그 아들은 곧바로 싸늘한 주검이 돼 돌아온다.

〈마더〉의 엄마는 아들이 살인범으로 몰리면서 삶이 송두리째 바뀐다. 이제 그녀의 삶은 아들의 누명을 벗기는 것 외엔 아무 의미도 없다.

〈복수는 나의 것〉의 류는 실직에 이어 장기밀매조직에게 자신의 콩팥과 돈까지 빼앗긴다. 이제 그는 아픈 누나를 살리기 위해 해서는 안 될 선택을 강요받는다.

〈베테랑〉의 주인공으로 정의감 넘치는 형사 서도철은 트럭 운전사가 혼수상태에 빠진 사건을 파헤치면서 거악 조태오와 운명적으로 맞닥뜨리게 된다.

초반에 특별한 사건이 발생할 때 영화는 흥미로워지기 시작한다. 작은 사건일 수도, 크고 충격적인 사건일 수도 있다. 단 영화 속 사건은 주요 등장인물들의 인생을 송두리째 바꿔놓을 정도로 강도가 있어야 효과적이다.

꼭 누가 죽어야 한다는 게 아니다. 필요 이상으로 커다란 사건을 꾸미라는 것도 아니다. 겉으로는 크지 않더라도 주인공의 인생을 좌지우지할만한 영향력 있는 사건이어야 한다는 얘기다.

과거 미국에서 대학 다닐 때 멋모르고 드라마수업을 신청한 적이 있다. 지금은 이름도, 얼굴도 기억나지 않는 담당교수가 "영화 속 드라마는 우리 삶보다 더 커야 한다.(Drama in cinema should be bigger than life.)"라고 한 말이 기억난다.

우리가 상상하지 못할 엄청난 일들이 세상 곳곳에서 매일 매 순간 벌어지기 때문에 영화 속 사건은 실제 삶보다 훨씬 더 강렬해야 한다는 주장이다. 그의 말대로 평범한 인생이 지루해 극장을 찾는 이들에게 별 재미도, 의미도 없는 사건을 선사하는 건 매우 큰 죄악이다.

3) 환경

영화가 시작함과 동시에 주인공이 어떤 특정한 환경에 놓여 있는 경우가 많다. 인간 모두가 그렇듯 당연히 영화 속 주인공도 환경의 영향을 받는다. 인물이나 사건이 흥미로워야 하듯 주인공이 처한 환경도 당연히 특별한 매력이 있어야 한다.

〈복수는 나의 것〉의 류는 누나의 수술비 마련을 위해 공장 노동자로 묵묵히 일한다. 또 다른 주인공 동진은 아내에게 이혼당했고, 회사의 경제적 상황마저 매우 어렵다.

〈마더〉의 엄마는 크고 작은 사고를 치고 다니는 지적장애 아들 도준 때문에 매일 애간장을 태우며 살아간다.

〈밀양〉의 신애는 남편과 사별한 후 그의 고향 밀양으로 이사를 간다.

〈카사블랑카〉의 릭은 제2차 세계대전이 한창인 1940년대 초 나치가 영향력을 키워가는 모로코 카사블랑카에서 정치적 중립을 유지한 채 술집(Rick's Cafe)을 운영한다.

보다시피 모든 주인공이 놓인 상황이 예사롭지 않다. 이럴 때 각 주인공은 어떻게 그 상황에 대처하는가!

류는 열심히 일하며 간간이 누나의 신장이식수술에 필요한 콩팥 확보를 위해 병원을 찾는다.

신애는 사별의 슬픔을 잊기 위해 밀양에서 새로운 삶을 살려 한다. 이웃과 교류하며 아들과 함께 뿌리를 내리려 애쓴다.

그렇다면 각각의 환경 속에서 최선을 다하는 이들 앞에 과연 어떤 운명이 기다리고 있는가?

류는 직장도 잃고, 사기를 당해 돈까지 잃는다. 누나를 살리기 위해 궁여지책으로 그는 유괴를 선택한다.

신애의 아들은 유괴로 희생된다. 이제 이 세상에 그녀가 소중히 여기는 건 단 하나도 남아있지 않다.

4) 관계

영화 속 주인공은 항상 다른 인물과 특별한 관계를 형성한다. 이럴 경우 그 관계가 긍정적이든 부정적이든, 영화적으로 엄청난 감성적 에너지를 뿜어내기 마련이다. 이 관계가 새롭고 흥미롭다면 당연히 영화의 결과도 그러할 것이다.

세상엔 아름다운 관계도 많다. 당연히 원수 사이도 많다. 하지만 어찌 됐든 영화 속 관계는 대립하거나 서로 긴장을 유지하는 상태로 이뤄지는 게 훨씬 유리하다.

그렇다면 다음 주인공들이 영화 속에서 누구와 어떤 관계를 형성하는지 알아보자!

〈복수는 나의 것〉의 류와 동진은 소위 '착한 사람'들이다. 하지만 류가 동진의 딸을 납치하고, 또 그녀가 사고로 죽게 됨으로써 둘은 철천지원수가 돼 버린다. 파리 한 마리도 못 죽일 것 같던 두 사람은 복수의 화신이 돼 결국 둘 중 하나가 죽어야 끝나는 지옥의 대결로 내몰린다.

〈마더〉의 엄마와 도준은 겉으로는 상당히 평범한 관계로 보인다. 그런데 영화가 진행되면서 도준이 어릴 때 엄마가 동반자살을 꾀했던 과거사가 드러난다.

영화는 그 일로 도준이 정신지체가 됐는지 설명하지는 않는다. 도준이 살인범이란 사실이 드러날 때 이를 은폐키 위해 애꿎은 사람을 살해하는 엄마의 모티브가 과거 동반자살 시도로 인한 죄책감이라고 단정하지도 않는다.

하지만 어쨌든 모자의 과거사가 영화적으로 둘 사이에 묘한 분위기를 유발하고, 때론 극도의 긴장감을 자아내는 것만큼은 분명한 사실이다.

〈밀양〉의 신애는 차가 고장 나는 바람에 카센터를 운영하는 종찬과 인연을 맺는다. 신애가 고초를 겪을 때마다 종찬은 곁에서 위로가 돼준다. 그럼에도 불구하고 신애는 자기 불행을 견디는 게 너무 힘들어 항상 종찬의 친절과 호의를 무시한다.

〈배킷〉(피터 글렌빌, 1964)은 영국 켄터베리 대주교 토마스 배킷과 왕인 헨리 2세의 우정과 갈등을 다룬 영화다. 배킷은 헨리 2세의 충직한 신하였으나 주교가 된 후 교회와 신의 입장에 서게 되며 그와 갈등하게 된다. 결국 배킷은 캔터베리 성당에서 왕이 보낸 암살자들의 칼에 목숨을 잃는다.

영화 속 관계 중 가장 흥미로운 건 아마도 프랑스 영화 〈내 안의 남자〉(베르뜨랑 블리에, 1996)에 등장하는 매춘부 마리와 포주 쟈노가 아닐까 한다.

매춘부임에도 떳떳하게 살아가는 마리는 어느 겨울날 자신의 집 앞에 쓰러져 있는 부랑자 쟈노를 발견한다. 동정심으로 그에게 따뜻한 음식과 잠자리를 제공한 마리는 결국 그와 몸을 섞는다.

이제 사랑에 빠진 그녀는 자노에게 자신의 포주가 돼달라고 제안한다. 하지만 편안히 놀고먹게 된 자노는 서서히 마리에게 권태를 느끼게 되고, 몰래 바람까지 피운다.

매력적 인물에 이어 그가 다른 누군가와 맺는 흥미로운 관계까지 떠올린다면 그거야말로 금상첨화다. 대조적 관계의 인물들을 한 상황 가운데 몰아넣을 때 멋지고 오묘한 얘깃거리가 발생할 확률이 매우 높다.

이처럼 작가가 영화적으로 어떤 특별한 관계를 형성했다면, 어떤 방법으로 그 관계를 관객에게 매력적으로 보이게 할지 고민해야 한다. 평범한 관계인 듯 보이는데 내적으로 매우 독특하거나, 비밀스러운 내용이 있을 때 관객은 급 호기심을 갖게 된다.

인간은 누군가와 관계를 맺어야만 살아갈 수 있는 동물이다. 주인공도 마찬가지로 영화 속 다른 인물과 특별한 관계를 형성해야만 한다. 이것만으로도 시나리오는 절반 성공한 셈이다.

이 모든 영화적 아이디어가 떠오를 때마다 충실히 메모하는 습관은 시나리오작가에게 필수다.

아이디어의 확장

영화의 주인공이나 그가 놓인 환경, 그와 관계를 맺는 주요 인물, 또는 기폭제가 되는 사건 등이 떠올랐다면, 이제 작가는 그 아이디어를 점차 확장시키며 드라마의 틀을 만들어가야 한다.

첫째, 주인공이 정해졌다면 가장 먼저 그가 왜 이 얘기 속에 들어와 있는지, 영화적으로 그의 역할은 무엇인지를 고민해야 한다.

그는 과연 어떤 목표를 갖고 있는가?
또한 그는 왜 그런 목표를 갖게 됐는가?

〈요람을 흔드는 손〉(커티스 핸슨, 1992)에서 모트 부인은 바텔

가에 유모로 취직한다. 영화가 진행되며 그녀가 일자리가 필요해 유모가 된 게 아니라 죽은 남편의 복수를 위해 위장 취업한 사실이 드러난다.

이처럼 주인공의 목표, 그리고 그 목표를 둘러싼 동기부여와 배경에 대해 연구하고 결정하는 건 시나리오의 틀을 짜는 데 있어 매우 중요한 초반 스텝이다.

둘째, 주인공과 다른 주요인물이 맺는 관계를 뚜렷하게 설정함과 동시에 그 관계가 매우 매력적으로 보이게 하기 위해 고민해야 한다.

그들 관계의 본질은 무엇인가?
협력관계인가, 원수인가?
아니면 협력하는 관계로 보였는데, 알고 보니 철천지원수인가?

영화 초반 모트 부인은 성실한 유모로 위장하고, 여주인 클레어 바텔은 이런 그녀에 대해 꽤나 만족한다. 하지만 둘은 본질적으로 협력할 수 없는 관계다. 모트 부인이 바텔 가를 망가

뜨릴 목적으로 들어왔기 때문이다.

이처럼 초반에 비춰진 관계의 내용이 나중에 드러나는 것과 정반대인 경우, 관객은 자동으로 탄성을 자아내게 된다.

셋째, 주인공과 다른 인물 사이에 특정한 갈등의 구도를 만들어내야 한다.

우리 인생에서 누군가와 갈등을 빚는 건 상당히 곤혹스러운 일이다. 그러나 영화 속에서의 대립과 마찰은 관객으로 하여금 손에 땀을 쥐게 만든다.

만약 영화 속에서 주인공이 어느 누구와도 갈등을 빚지 않거나 특별히 어려움을 겪지 않는다면 분명 그 영화는 관객을 잠의 늪으로 빠뜨리고 말 것이다.

기본적으로 인간은 남이 싸우는 걸 구경하길 좋아한다. 그런 면에서 인간은 참 한심한 존재다.

영화를 보러 오는 관객 대부분도 이런 한심한 틀에서 크게 벗어나지 않는다. 그들은 영화 속에서 주요 인물들이 다투는 걸 즐긴다. 당연히 영화 내내 등장인물들이 사이좋은 걸 용납하지 않는다.

이 주장이 맞다면 결론은 간단하다. 작가는 관객에게 그럴싸한 싸움거리를 제공해야 한다. 이를 위해 작가가 건축하는 갈등, 혹은 대립과 마찰의 구도는 영화의 성패를 좌우하는 막중한 요소로 작용한다. 만약 갈등으로 인한 긴장이 없다면, 관객은 곧바로 흥미를 잃는다.

갈등이 발생하는 건 주인공이 자신에게 없는 무언가를 얻으려 하거나, 아니면 자신이 처한 어떤 문제를 해결하려 할 때, 그 과정 가운데 발생한다. 영화는 결국 주인공이 대립과 마찰을 이겨내거나, 반대로 실패하는 결과를 보여준다.

마지막으로 시나리오를 쓰기 전 명확한 콘셉트를 확립하려 애써야 한다.

아이디어를 하나둘씩 쌓다 보면 그 위에 작가가 담고 싶은 생각이 무엇인지 서서히 윤곽이 드러나게 된다.

초반에 별 콘셉트 없이 그저 재미있는 아이디어 상태 정도에

머문다 해도 크게 걱정할 필요 없다. 어차피 아이디어가 확장되면서 작가의 생각이 자연스럽게 이야기에 스며들기 마련이다.

시나리오는 항상 작가 꼴대로 나오게끔 돼있으니까 말이다.

〈복수는 나의 것〉은 삭막한 자본주의 세상이 어떻게 유순한 구성원들을 나락으로 떨어뜨리는지를 잘 보여준다. 동진은 아내에게 버림받고, 사업이 망하며 딸까지 잃는다. 류는 직장과 콩팥, 누나, 자신이 납치한 여자아이 유선, 그리고 마지막으로 여자 친구 영미까지 잃는다. 슬프게도 모든 걸 다 잃은 둘은 세상에 선전포고를 하는 게 아니라 서로를 향해 복수의 칼을 겨눈다.

〈밀양〉의 신애는 매정한 신에게 전쟁을 선포한다. 교회집회에서 사고를 치고, 독실한 장로를 유혹하기도 하지만 신은 아무 반응도 하지 않는다. 야속한 신은 왜 아들을 잃는 크나큰 불행이 그녀에게 닥쳤는지 설명하지 않는다.

〈마더〉의 주인공은 무서운 한국형 엄마다. 과거 그녀는 세상을 비관, 다섯 살 아들 도준과 농약을 먹고 동반자살하려 했다. 그랬던 그녀가 이제 장성해 살인용의자가 된 지적장애 아들을 살리기 위해 자신의 모든 걸 내던진다.

영화의 아이디어는 어디서 찾는가?

- 매력적인 주인공.
- 주인공 등 주요 등장인물의 삶을 통째로 바꿔놓을 정도의 사건.
- 주인공이 처한 특별한 환경.
- 대립과 마찰로 얽힌 인간관계.

스토리텔링의 비법

아이디어 확장을 통해 시나리오 쓸 무기들을 다량 확보했다면, 작가는 지체 없이 스토리텔링 형식으로 얘기를 발전시켜나가야 한다.

스토리텔링은 말 그대로 '이야기하기'다. 시나리오의 경우 꾸민 이야기니 '거짓말하기'가 오히려 더 적합한 표현일 듯하다.

세상 그 어떤 예술형식보다 오래 존재한 것이 스토리텔링이다. 아마 언어가 없었던 시절에도 사람들은 손짓발짓으로 얘기를 주고받았을 것이다.

그때나 지금이나, 인간들은 흥미로운 얘깃거리에 매료된다. 친구나 가족 간에 매우 슬프거나, 유쾌하거나, 무서운 얘기를 주고받으며 시간을 흘려보낸다. 둘이 모여 그곳에 없는 제3자에 대한 험담을 늘어놓을 때도 스토리텔링의 형식을 취한다.

스토리텔링은 다음과 같은 틀을 통해 이뤄질 때 효과적이고 명확해진다.

시나리오의 6가지 요소

아리스토텔레스의 [시학]에서부터 지금까지 연극과 영화, TV드라마 등에서 쓰이는 스토리텔링의 6가지 요소는 대략적으로 다음과 같다.

1. 주인공이 있다. (인물)
2. 그는 무언가를 원한다. (목표)
3. 그래서 그는 그걸 얻기 위해 부단히 노력한다. (행동)
4. 하지만 그 노력은 장애물, 또는 방해로 위기를 맞는다. (대립과 마찰)
5. 그는 어려움을 겪는 가운데 클라이맥스를 맞는다. (클라이맥스)
6. 성공이든 실패든, 그는 결말에 도달한다. (결말)

주구장창 잠자거나 뽀뽀하는 장면만 담은 앤디 워홀의 아방가르드영화 〈잠〉(Sleep, 1964)이나 〈키스〉(Kiss, 1963)가 아니라면, 대부분의 영화는 이 형식을 충실히 지킨다.

이 여섯 가지 요소는 전반, 후반, 그리고 결말에 녹아들어 비로소 한 편의 영화가 된다.

영화의 4단계 구조
전반, 중반, 클라이맥스와 결말

1) 전반부

장편영화에서 전반부는 보통 10-20분 정도를 차지하는데, 드라마적 필요에 따라 드물게 30분 이상 소요되는 경우도 있다.

어쨌든 작가는 전반부를 통해 주인공과 그가 놓인 환경을 소개하는 게 급선무다. 이어서 그가 맞닥뜨리게 되는 일은 그를 헤어 나올 수 없는 운명의 소용돌이에 빠뜨린다. 어쩔 수 없이 주인공은 그를 괴롭히는 적이나 환경과 절체절명의 대결을 시작해야 한다.

영화 속에서 궁극적으로 주인공이 품게 되는 목표는 대부분 전반부가 마무리될 즈음에 드러난다. 그가 애초에 가졌던 목표가 이 시점에서 다른 방향으로 수정되기도 한다.

〈마더〉의 초반 약재상을 운영하는 주인공 엄마는 특별한 목표를 드러내지 않는다. 단지 지적으로 모자란 아들 도준 때문에 전전긍긍하는 정도다.

그런데 전반부가 끝날 즈음 아정이란 소녀가 죽고, 도준이 범인으로 몰리자 엄마는 목숨을 걸고 아들의 결백을 밝히기 위해 나선다. 이제 그녀에게 다른 선택이란 있을 수 없다.

〈복수는 나의 것〉의 류는 청각장애 노동자로 성실히 살며 누나의 신장이식수술을 위해 돈을 모은다. 하지만 그는 공장으로부터 해고당하고, 밀매조직을 통해 장기를 구하려 하나 오히려 그들에게 속아 자신의 콩팥 하나마저 도둑맞는다. 이런 가운데 병원에서 누나에게 적합한 신장을 찾았다며 수술을 위해 돈을 갖고 오라고 한다.

무일푼이 돼버렸지만 류는 꼭 누나를 살려야 한다. 이제 그의 목표는 당연히 수단방법 가리지 않고 돈을 마련하는 것이다.

〈밀양〉의 신애는 남편과 사별한 후 아들과 밀양으로 이주한다. 어떻게든 행복하게 살아보려던 그녀의 삶은 아들이 유괴를 당하며 엉망진창이 돼버린다.

이제 신애는 무슨 수를 써서라도 아들을 구해내야만 한다.

세 편 모두 전반부가 끝날 즈음 주인공의 운명을 바꿔놓는 사건이 발생한다. 이로 인해 주인공은 강렬한 목표를 품게 되고, 영화는 이 시점에서 명확히 향후 이야기가 어떻게 전개될지 방향을 제시한다. 나는 이것을 작가의 '드라마적 문제 제기'라고 한다.

돈을 구하려는 류나 준을 찾아야 하는 신애, 도준의 결백을 밝혀야 하는 엄마가 선택할 수 있는 길은 드라마적으로 거의 정해져 있다고 해도 과언이 아니다.

2) 중반부

'드라마적 문제 제기'가 이뤄지자마자 영화는 가장 긴 러닝타임의 중반부로 넘어간다.

이제 주인공은 이기기 버거운 상대와 맞서거나 불행한 환경 속에서 처절한 사투를 벌이게 된다. 그는 자신의 목적을 이루기 위해 고군분투하나 방해꾼과 장애물로 인해 온갖 어려움을 겪는다. 더 큰 어려움이 밀려옴으로 인해 원래 목표가 수정되기도 한다.

마주 대하는 장애물이 어려우면 어려울수록, 주인공은 이를 해결하기 위해 더 부지런히 애써야 하고, 결과적으로 관객은 더 큰 흥미를 갖고 지켜보게 된다. 여기에서 인간의 그릇된 심보가 관객의 이중성을 통해 드러난다.

관객은 스스로를 온갖 난관에 맞서 싸우는 주인공의 편이라 생각한다. 그를 열렬히 응원하고 가엾게 여기기도 한다. 불행에 좌절하는 그를 위해 눈물을 흘리기도 하고, 그의 삶이 평탄하기를 기원한다.

그런데 생각해보라!

만약 관객의 마음대로 주인공이 영화 내내 별 어려움 없이 지낸다고 생각해보자! 그런 영화를 쌍수 들어 환영할 관객은 아마 하나도 없을 것이다.

관객은 무의식적으로 고통과 불행 가운데 헤매는 주인공을 지켜보고 싶어 한다. 그렇다면 당연히 주인공은 영화의 러닝타임이 쌓여갈수록 점점 더 어려운 수렁에 빠져야만 한다.

〈마더〉의 엄마는 아들의 결백을 밝히기 위해 백방으로 노력하다 결국 아들이 범인인 걸 알게 된다. 이제 그녀는 아들을 지키기 위해 급작스럽게 목표를 수정한다.

결국 그녀는 아들의 범죄를 덮기 위해 애꿎은 고물상 사내를 살해한다.

〈복수는 나의 것〉에서 류의 누나는 자신의 신장이식수술을 위해 동생 류가 유괴를 저지른 사실을 알고는 괴로워하다가 자살한다. 엎친 데 덮친 격으로 유괴당한 소녀 유선이 죽고, 유괴에 동참한 류의 여자 친구 영미는 동진에 의해 살해된다.

영미의 죽음은 류의 목표를 수정하는 효과로 작용한다. 이제 그는 자신을 이런 지옥에 몰아넣은 장기밀매조직원들, 그리고 동진과의 전쟁을 시작한다.

〈밀양〉의 신애는 아들의 죽음으로 오장육부가 찢어지는 고통에 시달리다 기독교에 귀의한다. 더 큰 마음의 평화를 얻기 위해 그녀는 아들을 살해한 도섭을 용서하려는데, 정작 그가 신으로부터 이미 용서를 받았다고 지껄이자 분노한다.

신애는 신이 자신을 농락했다고 생각한다. 분노가 치민 그녀는 결국 신과 싸우기로 결심한다.

3) 클라이맥스

온갖 역경을 딛고 영화 내내 성실히 목표달성을 위해 애쓴 주인공의 궁극적 운명은 클라이맥스에서 결정된다. 주인공에겐 노고를 치하하는 의미의 면류관이 주어질 수도 있고, 반대로 영원한 지옥의 고통이 기다릴 수도 있다.

〈밀양〉의 신애는 결국 신에게 버림받은 고통을 견디다 못해 칼로 손목을 긋고 거리로 뛰쳐나간다. 하지만 곧바로 주변 사람들에게 살려달라고 외치는 나약한 모습을 드러낸다.

〈복수는 나의 것〉의 류는 영미의 복수를 하려 하나 동진에게 역습당해 고향 냇가로 끌려간다. 물속에서 류는 아킬레스건이 찢긴 채로 익사한다.

〈마더〉의 도준은 엄마 덕에 혐의를 벗고 교도소에서 나온다. 표면적으로 엄마는 아들을 구해냈으나 커다란 도덕적 내상을 입은 건 틀림없는 사실이다.

4) 결말

클라이맥스가 끝나면 대립과 마찰의 에너지가 뚝 떨어지면서 영화는 종착지에 다다른다. 클라이맥스에서 채 소개되지 못한 추가정보들이 이 지점에서 드러나고 마침내 영화는 마침표를 찍는다.

〈밀양〉의 신애는 자살에 실패하고 살아난다. 이런 그녀를 종찬이 극진히 보살핀다.

신애는 종찬과 함께 미장원에 갔다가 준을 죽인 살인자의 딸과 맞닥뜨리게 되고, 견디다 못해 문을 박차고 나온다.

〈복수는 나의 것〉의 동진은 류를 죽인 후 그의 시신을 수습하는 가운데 음독한 팽기사의 아들이 병원에서 숨을 거뒀다는 소식을 듣는다.

그리고 곧이어 죽은 영미가 속했던 테러조직이 나타나 동진에게 사형선고를 내리고 그의 가슴팍에 칼을 쑤셔 넣는다.

〈마더〉의 엄마는 아들 대신 무고하게 살인자로 몰린 다운증후군 청년 종팔을 찾아가 엄마가 없느냐며 위선을 떤다. 그러면서 양심의 고통을 잊기 위해 자신의 허벅지에 침을 놓는다.

결말 부분에서 관객은 자신이 지금까지 관람한 영화의 의미를 되새기며 정서적 배설을 이루거나 커다란 통찰력을 얻기도 한다.

두 시간, 약 1만 원 정도 돈을 투자해 두 가지를 모두 얻는다면 이보다 더 훌륭한 거래가 어디 있겠는가!

모든 영화 시나리오는 다음 6가지 요소가 충족돼야 한다.

1. 매력적이며 흥미로운 주인공.
2, 그가 갖게 되는 특별한 목표, 또는 욕망.
3. 그 목표를 얻기 위한 주인공의 고군분투.
4. 주인공의 목표 달성을 방해하는 장애물, 또는 안타고니스트.
5. 주인공의 목표 달성 여부가 결정되는 클라이맥스.
6. 모든 정보가 다 드러나고 정서적으로도 마무리가 이뤄지는 결말.

영화 속 인물

누가 뭘 하는가, 그리고 왜 그러는가?

영화의 아이디어도 충분하고 이야기의 확장까지 어느 정도 청사진을 갖췄다 생각이 들 때 그 충만한 영감으로 곧바로 시나리오작업에 돌입, 며칠 만에 탈고해야겠다는 의욕이 작가의 마음속에 꿈틀거린다. 그런데 이때가 바로 마지막 점검을 할 적기다.

"돌다리도 두드리고 건너라."는 말처럼 이 지점에서 작가는 정말로 내 영화를 이끌어갈 주인공이 누구인지 마지막으로 세밀하게, 또 입체적으로 되짚어봐야 한다. "아니 지금까지 얼마나 주인공에 대해 고민했는데 뭘 더 해야 돼?"라며 언짢아하지 말고.

"열 길 물 속은 알아도 한길 사람 마음은 모른다."는 명언을 기억하는가!

우리는 친구나, 부모자식, 심지어 부부 사이에도 상대방에 관해 모르는 면을 종종 발견할 때가 있다. 이게 사실이라면, 각본을 막 쓰기 시작하려는 당신은 여전히 당신 영화의 주인공이 어떤 인물인지 명확하게 모를 가능성이 농후하다.

그러니 제발 돌다리를 건너기 전에 마지막으로 꼭 한번 두들겨 보도록 하자!

과연 이 돌다리가 당신을 강 건너편으로 안내할 정도로 튼튼한가?

만약 아니라면 당신은 분명 강물에 빠져 익사하게 될 것이다.

매력적인 주인공

영화가 뭐냐고 묻는다면 컴컴한 극장 안에서 주인공, 혹은 주요 인물이 뭘 하는지, 더 나아가 왜 그러는지를 지켜보는 행위라고 답할 수 있다.

그러므로 작가는 주인공을 내세워 관객으로 하여금 영화 러닝타임 동안 자신의 삶을 완전히 망각한 채 얘기 속에 빠져들게 해야 한다. 절대 지루하게 해선 안 된다는 얘기다. 그렇게 하려면 당연히 영화를 끌고 가는 주인공은 무조건 매력적인 캐릭터여야 한다.

그가 잘생긴 외모나 부와 명예를 과시하는 인물이 아니어도 상관없다. 외적으로 볼품없거나 평범한 삶을 살아도 괜찮다. 아니, 심지어 사회에서 지탄받는 사람일 수도 있다.

하지만 당신 영화의 주인공은 무조건 매우 흥미로운 인물이어야 한다. 오묘하거나, 재미있거나, 관객의 동정심을 유발하거나, 존경받을 만하다면 금상첨화다. 물론 영화를 다 보고 난 후 관객은 주인공과 그의 여정에 대해 충분히 이해하고 공감할 수 있어야 한다.

〈밀양〉의 신애를 보라!

그녀는 남편과 사별하고, 결국 하나밖에 없는 아들까지 잃는다. 당연히 관객은 그 슬픔에 공감하며 그녀의 처지를 딱하게 여긴다. 영화 속에서 그녀의 문제는 슬그머니 관객의 문제로 둔갑한다.

〈복수는 나의 것〉의 류도 마찬가지다. 그는 유괴한 소녀를 죽게 만들었다. 법의 잣대로 보면 용서받을 수 없는 죄인이다. 그럼에도 불구하고 관객은 그의 처지에 공감한다.

〈마더〉의 엄마만큼 독특한 주인공을 찾기란 쉽지 않다. 외적으로 그녀는 지극히 평범하며 나약해 보인다. 하지만 그녀는 절대 드러내고 싶지 않은 엄청난 비밀을 간직한 채 살아간다. 게다가 나중에 애꿎은 사람까지 죽인다. 내 엄마라면 끔찍하지만, 영화 속 주인공으로는 너무도 매력적이다.

잘 생각해보라! 당신이 인상 깊게 본 영화 주인공 중 아무 매력도 없었던 인물이 있었는지!

인물탐구를 위한 정보 수집

주인공을 비롯한 주요 인물들을 입체적으로 연구하는 건 시나리오를 준비하는 데 필수사항이다. 작가는 다양한 방식의 인물연구를 통해 각 캐릭터를 속속들이 파악할 수 있다.

1) 인물의 과거사 연구

우리 모두가 과거의 삶이 있듯 모든 주인공도 자신만의 과거사를 지닌 채 영화에 등장한다. 찬란하거나, 부끄럽거나, 또는 평범하거나 매우 특별한 과거사, 또는 전사(前史) 말이다.

주인공의 과거사는 영화 속 현재와 향후 그의 선택과 행동에 지대한 영향을 준다. 그런데 어찌 이 부분에 대한 연구를 소홀히 한 채 각본쓰기에 돌입할 수 있겠는가!

〈마더〉의 엄마는 과거 다섯 살 아들과 농약을 먹고 동반자살하려 했던 여인이다. 그런 그녀가 이제 와 아들을 살리기 위해 자신의 인생을 내던지는 아이러니는 도대체 무엇인가? 드라마적으로 매우 매력적이다.

〈밀양〉의 신애는 배우자와 사별했다. 그런데 결혼시절 그 남편은 다른 여인과 바람을 피웠던 적이 있다. 하지만 영화 속에서 그녀는 이 사실을 결코 인정하지 않으려 한다.

이처럼 불편한 진실을 직시하지 않으려는 신애의 성향은 아들을 잃은 후 기독교 신앙에 의지, 그 슬픔을 극복했다고 착각하는 모습에 자연스럽게 투영된다.

〈복수는 나의 것〉에서 동진은 비록 망한 사업가이지만 과거 맨손으로 회사를 일군 바 있다. 사업실패가 이유인지 모르나 그의 아내는 그와 딸을 버리고 재혼했다.

이처럼 작가들은 영화 속에 드러나는 주인공의 현재 모습뿐만 아니라 과거의 발자취를 찾기 위해서도 혼신의 힘을 기울여야 한다.

신애의 남편이 어떤 사람이었는지, 엄마가 어린 도준과 동반자살하려 했던 이유가 명확히 무엇인지, 동진의 결혼이 왜 파경을 맞았는지 등은 영화상으로 명확히 드러나지 않는다. 물론 어느 정도 짐작이 가능하지만 말이다.

어쨌든 이창동과 봉준호, 박찬욱은 분명 이런 질문에 관해서도 많은 고민을 했을 것이다. 단, 그 내용이 굳이 설명될 필요가 없다고 판단했기에 생략한 것뿐이다.

이처럼 영화에 구체적으로 등장하는 내용이 아니더라도 주인공에게 영향을 주는 과거사라면 작가는 이 부분까지 밀도 있게 연구해야 한다.

2) 인물의 특성 연구

과거사만큼이나, 아니 오히려 더 중요하게 취급돼야 할 건 인물의 특성에 관한 탐구다. 작가는 다음과 같이 자신이 창조하려는 주인공의 네 가지 특성에 대해 최대한 많은 정보를 수집할 필요가 있다.

- 외형적 특성

나이, 성별, 인종, 외모, 신체적 특징, 패션, 신체적 기형이나 장애, 유전적 특질.

요즘 세상에 주인공의 외형적 특성, 특히 외모를 연구할 필요가 있느냐고 누군가가 반문할 수 있을 것이다.

그런데 한번 잘 생각해보자!

겉으로 드러나는 주인공의 모습이 영화상으로 매우 중요한 의미를 갖는 경우가 허다하다.

예를 들어 주인공이 꽃뱀 캐릭터라고 하자! 이 경우 못난 외모의 여자를 캐릭터로 내세울 수는 없다.

〈노트르담의 꼽추〉(장 들라누와 감독, 1957)의 주인공은 꼽추여야 하고, 〈귀여운 여인〉(개리 마샬 감독, 1990)의 여주인공은 귀여운 여인이어야 한다. 역설적 의미가 함축된 게 아니라면 말이다.

많은 경우 주인공의 외모는 타인이 그를 대하는 태도와, 반대로 그가 타인을 대하는 태도에도 영향을 준다. 당연히 관객의 생각에도 마찬가지다.

다른 외형적 특징들도 작가가 주인공을 입체적으로 창조하는 데 중요한 역할을 한다. 젊은 사람이냐 노인이냐, 여자냐 남자냐, 무슨 인종이냐, 패션 감각이 있느냐 없느냐 등도 마찬가지다.

〈나의 왼발〉(짐 셰리단 감독, 1989)의 주인공 크리스티 브라운은 뇌성마비로 왼발만을 움직일 수 있는 화가다. 그의 장애는 당연히 플롯창조에 엄청난 역할을 한다. 관객이 그를 대하고 평가하는 태도도 장애가 없는 화가의 경우와는 완전히 다르다.

이처럼 주인공의 외형적 특성은 관객이 일차적으로 주인공을 평가하는 중요한 도구이며 작가가 플롯을 짜는 데도 매우 중요한 무기로 쓰인다.

- 정신적 특성

성격(외향적, 혹은 내성적), 성품(온화한, 혹은 무감한), 야망, 콤플렉스, 정신장애, 도덕관, 성 취향, 성생활 등등.

인간의 내면은 참으로 복잡하다. 주인공의 성격이나 성품은 선천적일 수도, 또는 후천적일 수도 있다. 주인공이 야망이 있느냐 없느냐, 하룻밤 섹스(one-night stand)를 별 거 아니게 생각하느냐 아니냐는 그야말로 천지차이다. 성격과 성품, 도덕관의 차이도 마찬가지다.

예를 들어 인물 A는 분이 치밀어 오를 때 마누라를 두들겨 패고, B는 차분히 화가 난 이유를 세심하게 설명하는 사람이라고 치자! 둘이 동일한 상황에 놓인다면 이야기의 전개방향은 각자 성품에 따라 완전히 달라지지 않겠는가!

인물 A가 스스로의 외도에 대해 아무 거리낌이 없는데 반해 B는 한 번 바람피웠다는 이유로 엄청난 죄책감에 시달리는 인물이라고 하자! 이 경우도 마찬가지로 각기 플롯이 완전히 달라지는 결과를 가져올 것이다.

독특한 콤플렉스나 정신장애도 플롯 형성에 특별한 생기를 불어넣게 하는 유효한 도구다.

- 사회적 특성

계급, 직업, 교육, 종교, 국적, 정치적 성향 등등.

인간의 성장배경과 그가 현재 처한 환경은 그의 삶에 실로 지대한 영향을 미친다. 예를 들어 한 여인이 있다 치자!

그녀의 집안내력과 성장배경은 그녀가 커서 무엇이 될지, 행동패턴은 어떨지 등을 결정하는 중요한 척도다. 사랑받고 자랐느냐, 학대받았느냐 등은 그녀의 현재 삶을 진단하는 데 매우 필요한 요소들이다.

주인공의 정치적 성향이 매우 중요하게 쓰이는 경우도 허다하다. 대체적으로 진보적 인물이 낙태나 동성애, 사형제 등 사회적 이슈에 관해 포용적 태도를 보이는데 반해 보수적 인물은 배타적인 경우가 많다. 당연히 이런 성향의 차이는 영화 속에서 주인공이 어떤 결정을 하고 행동하느냐를 결정하는 데 중요한 역할을 한다.

아는 사람 중에 어마어마한 부자가 있다. 이기적인 그는 정부가 부동산투기 억제정책을 펼치는 데 대해 핏대를 세우며 분노한다. 그런데 이와 반대로 어떤 부자는 평생 구제에 힘쓰고 죽을 때 전 재산을 기부하고 떠난다.

이처럼 같은 부자라도 다 다르다. 당신의 주인공이 부자라면 과연 그는 어떤 유형에 속하는 사람인가!

- 취미와 특기

과거 이력서를 쓸 때 특기나 취미를 적는 경우가 있었다. 그만큼 대부분의 인간은 어떤 특정한 취미나 특기를 갖고 있다. 영화에서 이것들이 크게 효과적으로 쓰이는 경우가 많다.

〈복수는 나의 것〉에서 류는 밤마다 야구연습장에서 알루미늄배트로 부서져라 공을 때린다. 청각장애인인 그가 이 세상에 던지는 유일한 외침이요, 분노의 넋두리다.

그런데 단지 취미로만 알았던 배팅연습은 나중 그가 첫 살인을 저지를 때 매우 요긴하게 활용된다. 그는 알루미늄배트로 자기를 속인 장기밀매업자들을 거리낌 없이 때려죽인다.

〈마더〉의 엄마는 하나도 아프지 않게 침을 놓는다며 자화자찬한다. 관객이 별 관심 없이 지나친 그녀의 침술은 나중에 아들의 죄를 덮기 위해 살인을 저지르고, 그 죄를 다른 이에게 뒤집어씌운 자신의 죄악을 잊기 위한 도구로 사용된다.

한 가지 흥미로운 건 인물의 외형적, 사회적 특성이 가끔 정신적 특성에도 영향을 준다는 점이다. 예를 들어 외모나 성장배경 등이 성격형성에도 영향을 끼칠 수 있다. 누군가가 자신의 외모에 관해 오랫동안 열등감을 가졌다면 분명 그것이 그의 마음속에 뿌리 깊은 콤플렉스로 자리 잡게 되었을 것이다.

한 번도 가난을 겪지 못했고, 상생의 가치에 대해 배운 적도 없는 상류층 인물이 밑바닥 사람들에 대해 자동으로 온정적 태도를 갖기란 쉽지 않다. 그래서 마리 앙투아네트가 "빵이 없으면 케이크를 먹으라."고 한 말은 그리 이해하기 어려운 게 아니다.

물론 이 말은, 그녀를 단두대로 보낸 반대세력이 퍼트린 루머라는 얘기도 있다. 무엇이 맞는 얘긴지는 모르겠으나 죽은 자는 말이 없다.

다방면으로 세밀하게 인물의 과거사와 다양한 특성을 연구했다 하더라도 그 모든 것들이 다 시나리오에 등장하는 건 아니다. 비록 휴지통에 버려진다 하더라도 작가는 캐릭터의 다양한 면을 알기 위해 최대한 많은 정보를 수집하기 위해 애써야 한다.

인물의 감정과 태도, 선택과 행동

주인공이 누구인지, 과거 어떤 삶을 살았는지, 그리고 그가 뭘 원하는지를 아는 것은 시나리오 집필 시 꼭 필요한 내용이다. 더불어 그의 세밀한 감정과 태도 등을 연구하는 일도 매우 중요하다.

인간은 누구나 다 그만의 감정으로 희로애락의 순간을 마주한다. 어떤 이는 아내가 죽었을 때 슬퍼하지만, 어떤 이는 쾌재를 부른다. 크나큰 행운을 맞이할 때 드러나는 감정도 각기 다 다르다.

감정만큼이나, 삶과 타인을 대하는 태도도 한 인간을 잘 말해주는 척도가 된다. 어떤 특별한 일이 발생할 때 개개인이 무엇에 가치를 두느냐에 따라 각자의 선택과 행동이 달라진다.

등장인물들은 감정과 태도가 있어야 비로소 살아 숨 쉬는 캐릭터가 된다. 시나리오에 등장하는 모든 캐릭터는 행위를 통해 그들의 감정과 태도를 드러낸다.

1) 감정

한 인간이 그 어떤 감정도 없다면, 우린 그에게서 아무 매력도 느낄 수가 없다. 만약 당신의 주인공이 아무 감정도 드러내지 못하는 존재라면 관객은 영화가 매우 기계적이며 억지로 꾸민 것 같다고 느낄 것이다.

감정은 사람과 사람의 마음을 연결하는 도구다. 성별이나 나이와 상관없이, 서로 마음으로 통하게 하는 아름다운 것이다.

주변 누군가가 고통 가운데 있다면 대부분 사람의 마음에는 연민이나 측은지심 따위가 생겨난다. 행복한 모습을 보면 덩달아 행복해지거나 부러워하는 마음이 든다.

이처럼 시나리오에서 인물의 감정은 캐릭터 구축에 있어 가장 중요한 요소임에 틀림없다. 그럼에도 불구하고 작가들이 인물의 감정적인 면을 간과하는 경우가 허다하다.

그런 작가들은 감정을 단순히 분노나 눈물, 미소 등으로 표현하는데 그친다. 정서적으로 세밀한 고민이 없으면 창조한 인물이 드러내는 감정이 밋밋하다.

얼핏 보기에 〈밀양〉의 신애는 자신을 좋아하는 종찬을 우습게 여기는 것처럼 보인다. 그러나 자세히 보면 그녀는 점차 그를 의지한다.

많은 경우 영화를 볼 때 관객은 주요 인물, 특히 주인공의 입장과 처지를 헤아리며 감정적으로 동화한다. 예를 들어 영화 속에서 어머니가 자식을 살리기 위해 모든 걸 내던질 때 무조건 공감하고 응원한다.

〈변호인〉에서 아들 때문에 주인공에게 매달리는 국밥집 아주머니의 처지를 안타깝게 여기지 않는다면 그는 필시 사이코패스이거나 소시오패스(sociopath, 반사회적 인격 장애자)일 것이다. 심지어 관객은 아들을 살리기 위해 사람을 죽이는 〈마더〉의 엄마를 보면서, 응원까진 않더라도 그 입장을 이해하기는 한다.

서로를 죽이기 위해 돌진하는 〈복수는 나의 것〉의 류나 동진을 보며 관객은 각자 입장을 헤아리며 괴로워한다. 아들을 잃은 슬픔을 극복하려 애쓰는 신애를 보면서는 함께 아파한다.

이처럼 관객이 영화 속 특정 인물과 감정적으로 하나가 되는 것을 '관객 공감'이라고 한다.

'관객 공감'은 주요 캐릭터가 관객들이 익숙해하는 감정, 즉 사랑, 기쁨, 행복, 불행, 미움, 질투, 공포, 모욕감 등을 느낄 때 이뤄진다. 이런 인간의 감정들은 범우주적이며 영원하다.

그런데 관객과 공감을 이루려면 영화 속 주인공은 긍정적이든 부정적이든, 먼저 감정적으로 다른 인물과 연결돼야 한다. 〈변호인〉의 국밥집 아주머니가 변호인의 마음을 움직였듯 말이다.

만약 주인공이 먼저 어느 등장인물과도 감정적으로 통하지 못한다면, 십중팔구 그는 관객의 마음을 움직일 수 없다.

2) 태도

누구나 다 세상을 향해 외치는 세계관이 있고, 삶을 살아가는 자세가 있다. 그 태도는 부정적일 수도 긍정적일 수도 있다. 다정다감할 수도, 냉소적일 수도 있다.

작가들이 새 시나리오를 쓸 때 주인공의 감정보다 태도를 먼저 떠올리는 경우가 상당히 많다.

예전 클린트 이스트우드가 출연했던 〈더티 해리〉(돈 시겔 감독, 1971년 오리지널) 시리즈 등 상투적 수사물(搜査物)에는 그 어떤 어려움에도 굴하지 않는 강철 같은 형사가 항상 등장한다.

반대로 부패한 경찰이나 형사도 자주 나온다. 물론 이 경우도 대부분 상투적이다. 이럴 경우 작가는 클리셰(Cliche)를 극복하기 위해 캐릭터에 새로운 면을 추가하려고 애를 쓴다.

밖에서는 강철이지만 가정에선 아내에게 꼼짝 못 하는 〈베테랑〉의 서도철 형사, 인종차별주의자이며 알코올중독자이지만 선한 마음의 소유자인 〈쓰리 빌보드〉(마틴 맥도나, 2017)의 딕슨 경찰관 등이 작가가 산고 끝에 세상에 내놓은 독특한 경찰 캐릭터다. 어쨌든 영화 속에서 서도철이나 딕슨 모두 자신만의 태도가 있고, 또 그 태도에 따라 행동한다.

그렇다면 인간의 태도는 무엇으로부터 출발하는가?

아마도 그건 개개인의 신념이나 철학에서 비롯된다 할 수 있을 것이다. 서도철이 형사로서 물불을 가리지 않고 악을 응징하는 데 온 힘을 쏟는 건, 선한 세상을 소망하는 그의 착한 마음 때문이다. 사실 그가 아내에게 꼼짝 못 하는 이유도 알고 보면 그가 착하기 때문이다.

딕슨도 비슷하다. 타 인종에 대한 무지 때문에 편견을 갖고 있지만, 내적으로 그는 선하며 헌신적인 사람이다. 그가 앙숙이었던 주인공 밀드레드를 돕는 것도, 레드 웰비를 무자비하게 폭행한 후 창 너머 내던지는 것도 그의 헌신적 태도 때문이다.

영화에서 주요 캐릭터는 자신의 철학이나 신념을 직접 관객에게 말로 설명하지 않는다. 대신 행동으로 입증한다. 그가 궁극적으로 행동하는 모습을 통해 관객은 그의 신념이나 세계관 등이 무엇인지 깨우치게 된다.

예를 들어 착취당하는 노동자가 있다 치자!

그는 둘 중 하나의 길을 선택할 수 있을 것이다. 싸울 수도, 아니면 입을 다물고 그냥 부당함을 감수한 채 계속 일할 수도 있다.

그렇다면 과연 그가 소중하게 여기는 가치는 무엇일까?

인물의 신념은 그의 태도를 형성하고, 그 태도는 행위를 통해 입증된다.

말보다는 행동이 정확하게 한 인물이 어떤 존재인지를 설명해준다.

그렇다면 당신이 그리려는 주인공은 어떤 존재인가?

그의 신념은 무엇인가?

그는 영화 속 특정한 상황에 놓였을 때 어떤 태도를 보이는가?

그는 어떤 행위로 자신의 신념과 태도를 입증하는가?

3) 인물의 선택과 행동

관객은 영화 속에서 캐릭터가 벌이는 행위를 보며 그를 판단한다.

예를 들어 난폭한 야수처럼 행동하는 인물이 있다 하자! 심지어 사람을 해치는 괴물 같은 존재라고 하자!

그런데 놀랍게도 그는 살인을 통해 자신의 모든 걸 희생하며 친구를 절망적 상황에서 구해낸다. 〈슬링 블레이드〉(빌리 밥 손튼 각본/감독/주연, 1996)의 주인공 칼이 그런 사람이다.

어린 시절 불륜을 저지른 어머니와 정부를 살해한 칼은 25년 만에 정신병원에서 풀려나 고향으로 돌아온다. 그리고 우연히 만난 만12세 소년 프랭크와 우정을 쌓는다.

하지만 행복한 시간은 잠깐, 그는 유일한 친구 프랭크의 인생을 위협하는 도일을 살해하고 다시 정신병원에 수용된다. 도일은 칼 엄마의 남자친구다.

사실 칼은 무시무시한 살인자다. 그러나 영화 내내 관객은 이 사실을 망각한다. 관객이 주목하는 건 자신을 내던져 프랭크를 지키려는 그의 헌신적 태도다.

관객은 그의 살인행위를, 범죄를 넘어서는 프랭크를 향한 희생으로 판단한다. 이것이 바로 영화 속 주인공의 행동이 보여주는 힘이다.

여기서 한 번 칼이 도일을 살해하기까지의 과정을 분석해보자!

칼이 어느 날 갑자기 열 받아서 도일을 죽인 게 아니다. 칼은 많은 고민 끝에 도일을 살해하기로 결심한 것이다. 그대로 방치하면 도일이 학대 끝에 프랭크를 죽이거나, 반대로 프랭크가 과거 자신처럼 살인을 저지르는 걸로 끝날 수밖에 없다는 결론에 도달했기에 어쩔 수 없이 살인을 선택한 것이다.

이처럼 영화 속 주인공은 대체적으로 중대한 일을 실행하기 전 먼저 어떤 선택을 할지 고민의 시간을 갖는다. 이 고민은 찰나일 수도, 매우 긴 시간을 요하는 것일 수도 있다. 어쨌든 주인공의 선택은 행동으로 이어지고, 그 행동은 이야기를 끌고 가는 원동력이 된다.

가끔 영화 속 주인공이 뭔가를 결정하는 데까지 너무 많은 시간을 허비하는 것처럼 보이는 경우가 있다. 혹시 그가 결정장애는 아닐까, 숙고의 시간이 길어질수록 혹시 영화가 지루해지지 않을까 염려되기도 한다.

그런데 마지막 선택이 이루어질 때까지 주인공이 심사숙고하는 모습도 매우 매력적인 인물의 행동으로 평가할 수 있다. 그리고 이는 좋은 플롯을 만들어내는 재료로 활용된다.

선택을 두고 머뭇거리는 모습에서도 한 인물의 진면목이 드러난다. 선택을 목전에 둔 상황 가운데 주인공이 보여주는 긴 고민은 훌륭한 스토리의 재료다.

4) 주인공의 마지막 선택

영화 시작부터 주인공은 여러 차례 선택을 강요받는다. 그리고 이 선택들은 주인공의 목표와 밀접하게 관련돼 있다.

영화 앞부분에서 주인공은 자신의 목표를 정하고, 이를 이루기 위해 최선을 다한다. 물론 그 과정에서 혹독한 대가도 치른다.

그런데 주인공이 영화 초반과 달리 나중에 완전히 상반되는 목표를 선택하는 경우가 종종 있다. 그리고 이런 목표의 변화가 영화적으로 큰 매력을 발산하는 경우가 많다.

〈미션〉(롤랑 조페 감독, 1986)의 주인공 중 하나인 로드리고 멘도자는 노예사냥꾼이다. 영화 초반 그의 목표는 더 많은 노예를 잡아서 부자가 되는 것이다.

그런데 놀랍게도 그는 이런 과거의 삶을 송두리째 버리고 신부가 된다. 더 나아가 그것에 그치지 않고 과거 자신의 사냥 대상이었던 과라니족 원주민들을 위해 기꺼이 목숨까지 버린다. 참으로 어마어마한 변화요, 아이러니다.

〈카사블랑카〉의 초반 주인공 릭 블레인은 자신의 안녕밖엔 아무 관심도 없는 냉혈한으로 보인다. 당연히 그는 자신에게 이롭지 않은 거라면 절대 선택하지 않을 위인이다.

하지만 클라이맥스에서 릭은 파리에서 자신을 버리고 떠난 여인 일사와 그의 남편을 위해 죽음을 무릅쓰는 선택을 한다.

〈변호인〉과 〈택시 운전사〉(장훈 감독, 2017)에서 송강호가 연기한 주인공들도 마찬가지다. 두 주인공 다 영화 초반부엔 돈을 중시하는 인물로 그려지고, 그에 합당한 선택들로 일관하나 마지막에는 정의를 위해 목표 수정을 감행한다.

이런 경우들을 볼 때 결국 영화에서 주인공의 맨 마지막 선택이 진정 그가 누구인지를 말해준다 할 수 있다. 물론 그건 대체적으로 주인공에 대해 관객이 기대할만한, 그리고 받아들일만한 선택이어야 할 것이다.

이럴 경우 주인공의 선택에는 참혹한 대가가 따를 수 있다. 끌려가 고초를 당할 수도, 목숨을 잃을 수도 있다. 물론 주인공은 자신의 선택이 이런 위험성을 내포하고 있음을 너무도 잘 안다.

주인공은 새로운 난관을 만남으로 선택의 기로에 선다. 새로운 선택은 주인공의 참 자아를 드러내고, 초반보다 훨씬 더 성숙한 인간으로 성장한 모습을 보여준다.

캐릭터 변화를 통한 성장은 주인공에게 맞닥뜨린 문제를 해결할 능력을 부여하고, 마침내 그로 하여금 궁극적 목적을 이루게 한다.

마지막으로 영화에서의 캐릭터 묘사는 소설 등에서의 캐릭터 묘사와는 현저히 다르다. 소설의 경우 작가는 충분한 시간과 지면을 무기로 자세하게 캐릭터의 감정과 태도, 선택과 그에 따른 결과 등을 묘사할 수 있다.

하지만 영화에서는 관객의 이해를 돕기 위해 잠시 정지버튼을 누르고 캐릭터들을 소개할 수는 없다. 일단 시작되면 영화의 시간은 멈출 수 없기 때문이다. 그래서 시나리오작가는 어쩔 수 없이 영화 속 사건과 인물의 행위를 통해 캐릭터들을 소개하고 설명해야 한다.

주요 인물들의 행동 속에 담긴 그들의 감정과 태도, 선택 등을 관객이 잘 이해하게 하는 것이 시나리오작가의 중요한 책무다. 결국 인물의 행동이 모든 걸 말해주기 때문이다.

"인간은 무슨 말을 하느냐가 아니라, 무얼 하느냐로 평가된다."

어디선가 들은 말인데 누구로부터인지는 잘 기억이 나지 않는다.

매력적인 주인공은 하늘에서 뚝 떨어지지 않는다. 작가가 창조하는 거다. 관객의 흥미를 끌만한 주인공을 만들어내기 위해 작가는 크게 두 가지를 고민해야 한다.

첫째, 영화 속 주인공의 과거사다. 영화가 시작되기 전, 그의 삶의 역사 말이다.

두 번째는, 인물의 캐릭터를 구축하기 위해 다음 네 가지 특성을 세밀하게 연구하는 거다.

1. 외형적 특성
2. 정신적 특성
3. 사회적 특성
4. 취미, 또는 특기

시나리오의 구성 – 플롯

캐릭터에 관한 다방면의 연구를 통해 충분한 정보를 쌓았다면 이제 작가는 어떻게 이야기를 짤지 고민해야 한다. 이야기를 구성하는 것, 또는 구조를 짜는 걸 영화나 소설 용어로 '플롯', 또는 '플로팅'이라고 한다.

플롯(plot)의 사전적 의미는 '음모, 또는 반역이나 범죄를 꾸미다'는 뜻이다. '살인을 계획하다'는 'plot a murder', 그리고 '반역을 꾀하다'는 'plot treason against the state' 정도로 번역된다.

누구나 다 완전범죄의 살인이나 성공적 모반을 이루는 게 얼마나 어려운지 다 안다. 조금만 실수해도 목이 날아가거나 평생 교도소에서 썩기 십상이다.

시나리오의 플롯을 짜는 것 역시 성공적 결과를 기대하기 어려운 일이다. 잘 써나가다가도 한 번 삐끗하면 길을 잃고 헤매게 된다. 이럴 경우 작가는 맨 앞으로 돌아가 어디서, 무엇이 잘못됐는지를 파악하고 다시 써나가야 한다.

만약 내가 짠 플롯이 밋밋하거나 촘촘하지 못해 어수선하다면 항상 주인공을 바로미터로 삼아 재진단해야 한다. 왜냐하면 주인공에 관해 많은 정보를 확보한 경우 정교한 플롯을 짜는 게 훨씬 수월해지기 때문이다.

과연 나의 주인공은 본질적으로 누구인가?

그의 목표는 무엇인가?

왜 그 목표를 갖게 됐는가?

주인공이 목표를 이루는 데 방해하는 자는 누구인가?

그는 왜 주인공을 방해하고 나서게 됐는가?

이런 질문들에 대해 답을 갖고 있다면 이제부터 이야기를 구성해나가야 한다. 좋은 플롯은 주인공의 선택과, 그 선택의 결과로 나타나는 행동으로 만들어진다.

플롯과 캐릭터 – 무엇이 먼저인가?

'닭이 먼저냐, 달걀이 먼저냐?'의 케케묵은 논쟁은 영원히 결론을 내리지 못할 문제다. 이에 반해 영화나 소설에서 '플롯이 먼저냐, 캐릭터가 먼저냐?'란 질문에는 명확한 답이 있다.

물론 중요도로 따지면 둘 다 똑같다. 하지만 캐릭터가 없으면 플롯도 없다. 인물이 어떤 행동을 할 때 플롯이 발생하는 것이다. 그러므로 캐릭터가 플롯을 견인한다는 건 누구도 부인할 수 없는 사실이다.

영화의 가장 큰 핵심은 인물과 그의 행위다. 드라마, 연극 등에서도 주인공의 행위보다 더 매력적인 건 없다. 주인공은 영화 내내 관객의 관심을 온통 자신에게 쏠리게 해야 하는 절체절명의 사명을 띤 채 마지막까지 고군분투해야 한다.

그런데 상당수 작가들이 흥미로운 시나리오를 쓰기 위해 입체적이며 복잡한 플롯을 창조해야 한다고 믿는다. 아주 틀린 말은 아니다. 하지만 흥미로운 플롯은 거의 대부분 매력적인 캐릭터의 특성으로 인해 발생한다.

예를 들어 누군가가 길을 걷다가 현금 1백만 원 뭉치를 발견했다고 치자! 과연 내 영화의 주인공은 어떤 행동을 할까?

돈을 주워 주인을 찾아주라고 경찰서에 갖다 줄까? 아니면 슬그머니 자기 주머니에 넣고 사라질까?

도덕적으로 완벽해 보이는 남편에게 치명적 매력을 지닌 여성이 유혹의 손길을 뻗쳐오면 어떨까?

그는 유혹에 넘어갈까? 아니면 눈 딱 감고 돌아설까?

이처럼 주인공이 어떤 선택, 그리고 행동을 하느냐에 따라 드라마의 전개가 달라진다. 다시 말해 주인공의 선택, 이어지는 그의 행동이 플롯을 형성하는 데 절대적 영향을 준다는 것이다.

누가복음 10장 30-37절에 착한 사마리아인의 이야기가 등장한다.

길을 가다 강도를 만나 쓰러진 사람을, 신앙심 깊다는 제사

장과 레위인은 모른 척하고 지나친다. 그러나 멸시천대의 대상인 사마리아인은 다친 사람의 상처를 치료해주고, 그를 돌봐달라며 주막에 돈까지 건넨다.

이 비유에서도 알 수 있듯 인물의 선택과 행동은 플롯을 결정한다. 만약 강도 만난 사람 앞에 사마리아인이 나타나지 않았더라면 그는 분명 허망하게 죽음을 맞이했을 것이다.

관객은 두 시간 내내 주인공을 비롯한 주요 인물들이 어떤 결정을 내리며, 또 어떻게 행동하는지 다 지켜본 후에 그를 평가하고, 더 나아가 영화를 평가한다.

스토리와 플롯의 차이

스토리는 이야기 내에서 벌어지는 사건을 순차적으로 나열한 것이다. 이에 반해 플롯은 작가의 의도에 따라 사건을 재구성하거나 재배치한 구조를 말한다.

- 순차적으로 나열한 경우

"어둠속에서 철수가 영희와 키스했다. 다음 날 친구 민호가 철수의 뺨을 후려갈겼다."

- 시간적 순서를 바꿔 새롭게 구성한 경우

"민호가 철수의 뺨을 후려갈겼다. 알고 보니 민호는 전날 밤 친구라 여겼던 철수가 자신의 연인인 영희와 몰래 키스하는 광경을 목격했던 것이다."

물론 순차적 스토리대로 시나리오를 구성할 수 있다. 작가가 이 방식이 자신이 쓰는 시나리오를 관객에게 가장 효과적으로 전달한다고 생각한다면 당연히 그렇게 해야 한다.

하지만 많은 경우 시나리오가 상당한 시간 동안 어떤 특정한 정보를 주지 않음으로 관객의 호기심과 긴장을 증폭시킬 수 있다.

〈복수는 나의 것〉과 〈밀양〉은 이야기가 시간 순서대로 흘러가는 영화다. 아마도 둘 다 묵직한 주제의식을 전달하는 데 집중하기 위해 요동치는 플롯 대신 순차적 진행방식을 선택했을 것이다.

이에 반해 〈마더〉는 오프닝에 느닷없이 주인공 엄마가 갈대밭에서 괴이한 춤을 추는 장면을 배치한다. 이 씬이 끝나고 영화는 과거로 돌아가지만 관객의 뇌리엔 중년의 볼품없는 여자가 추던 이상한 춤의 잔상이 강렬하게 남게 된다. 당연히 이는 서스펜스를 향상시키는 기능으로 작용한다.

클라이맥스가 끝난 후에야 관객은 비로소 그 춤의 의미를 깨닫게 된다. 살인을 저지른 그녀의 어지러운 마음이 배인 아픈 몸부림이었다는 사실을 말이다.

스토리라인을 다 적을 순 없지만 〈원스 어폰 어 타임 인 아메리카〉(세르지오 레오네, 1984)나 〈대부〉(프란시스 포드 코폴라) 시리즈, 그 외 너무도 많은 영화들이 과거와 현재를 자유자재로 넘나드는 현란한 플롯을 구사한다. 이럴 경우 관객은 아직 확보하지 못한 정보 때문에 애를 태우면서 혹시나 중요한 뭔가를 놓칠까봐 더욱더 눈을 부릅뜨고 영화를 보게 된다.

잘 쓴 시나리오라면, 아무리 플롯을 어수선하게 흐트러 놓아도 영화 마지막 즈음에 관객은 자신들이 본 작품의 스토리라인과 그 안에 담긴 뜻을 명확히 깨우치게 된다.

갈등의 중요성

플롯을 구성함에 있어 작가는 자유자재로 상상해야 하고, 동시에 어떤 방식이 관객에게 가장 큰 만족감을 줄지 판단할 수 있어야 한다. 관객의 흥미를 충족키 위해 작가는 갈등의 에너지와 서스펜스, 속임수, 그리고 서프라이즈와 반전 등을 무기로 활용할 수 있다.

이중 역시 갈등이 이야기를 구성하는 데 가장 요긴하게 쓰이는 도구다. 플롯에 있어 갈등은 모든 군인이 소지해야 할 총과 같은 거다. 적의 방해나 다른 외적 요인으로 인한 고난, 의견의 차이 등으로 인한 갈등은 플롯을 짜는 데 있어 보석 같은 존재로 작용한다.

단언컨대 갈등의 에너지 없이 그 어떤 플롯도 완성될 수 없다.

주인공인 여고생이 아침에 일어나 세수하고, 양치하고, 밥 먹고 학교 갔다 돌아와 부모랑 같이 밥 먹고, TV 보고, 다시 씻고 잠드는 걸 구경하고픈 관객은 아무도 없다.

주인공이 아침에 일어나 세수하는데 아버지가 화장실로 들어와 돌연 자신의 비상금을 왜 훔쳤느냐고 추궁해야 제대로 이야기가 시작된다. 갈등의 상황이 발생했기 때문이다.

이럴 경우 관객은 주인공이 처한 상황에 대해 급 호기심이 발동한다. 그들은 자연스럽게 주인공이 진짜 돈을 훔쳤는지, 그게 사실이라면 왜 그랬는지 궁금해 하게 된다.

혹시 주인공이 못된 일진에게 돈 상납을 강요받고 있는 건 아닌가?

원치 않는 임신으로 낙태비용을 마련하려는 건가?

플롯은 각 캐릭터들의 목표와 내적 결핍, 또는 욕망을 명확히 파악할 때 제대로 뿌리를 내리게 된다. 각기 다른 캐릭터들은 서로의 목표 달성을 위해 애쓰는 가운데 대립하거나 마찰을 빚게 된다.

영화 속에서 캐릭터들은 육체적으로, 또는 정신적으로 갈등을 빚는다. 정신적 대립이 결국 폭력으로 귀결될 수도 있다. 훌륭한 마찰의 에너지를 만들어낸다면 둘 다 무엇이든 상관없다.

육체적 폭력은 영화에서 갈등의 결과물로 매우 요긴하게 쓰인다. 결국 서로 양보하고 협상할 수 없기에 폭력이 발생하는 것이다. 이게 인간이다. 아무리 고고한 인간이라도 화가 머리 꼭대기까지 치밀 경우 상대를 향해 주먹을 뻗거나, 뭔가를 깨뜨려야 직성이 풀린다.

솔직히 인간은 파괴적이고 선정적이며 폭력적이다. 만약 이 세상에 천사들만 산다면 드라마가 설 공간은 전혀 없을 것이다.

어쨌든 갈등의 에너지가 강해지려면 최대한 마지막까지 주인공과 안타고니스트가 각자의 목표를 고수해야 한다. 그들의 대결이 우열을 가리기 어려울수록 더 큰 흥분과 서스펜스가 터져 나온다. 그리고 둘 중 어느 하나가 꺾여야 클라이맥스가 종료된다.

이야기를 구성할 때 갈등은 파도처럼 연속으로 밀려와야 한다. 장편영화의 경우 한 가지 내용의 갈등으로는 절대 끝까지 서스펜스를 유지할 수 없다. 그렇기 때문에 플롯에서 하나의 갈등은 비상약이나 임시방편 정도에 그친다. 점차 강렬한 모르핀을 요구하는 환자처럼 관객이 더 큰 자극의 갈등을 보고 싶어 하기 때문이다.

각 세 편의 영화 주인공이 연이어 처하게 되는 갈등상황을 나열해보자!

<밀양>의 신애

- 이사 온 밀양에서 배타적인 이웃의 냉대를 겪는다.
- 피아노학원 선전을 위해 가짜 상장을 걸려는 종찬을 정직하지 않다며 나무란다.
- 자신을 전도하는 기독교도 약사와 신의 존재에 관한 논쟁을 벌인다.
- 방문한 남동생이 죽은 남편의 외도를 거론하자 그런 사람이 아니라고 꾸중한다.
- 유괴범의 협박전화를 받고, 돈을 약속장소에 갖다 놓는다.
- 준이 살해된 후 장례식장에서 전 시어머니로부터 봉변을 당한다.

- 약사를 찾아가 하나님이 살아있다면 왜 준이 처참하게 죽게 내버려뒀느냐며 화를 낸다.
- 준의 사망신고를 하러 갔다 울분을 참지 못해 마구 소리지른다.
- 준을 살해한 도섭을 용서하겠다고 면회 갔다가 그가 이미 신으로부터 용서받았다고 하자 이성을 잃는다.
- 교회에서 남의 기도를 방해하고, 심방 온 목사와 성도들을 내쫓는다.
- 교회 야외집회에 가서 몰래 김추자의 '거짓말이야'를 틀며 훼방 놓는다.
- 약사의 남편인 장로를 유혹해 넘어뜨리려 한다.
- 자신에게 가혹한 신에게 보란 듯 손목을 그어 자살을 시도한다.

<마더>의 엄마

- 지적장애 아들 도준의 뒤치다꺼리로 힘들어한다.
- 범행을 자백한 도준에게 왜 그랬느냐며 다툰다.
- 도준이 범인이 아니라고 형사에게 항변한다.

- 죽은 아정의 장례식에 가서 그녀의 유족들과 싸움에 휘말린다.
- 도준의 친구 진태를 범인으로 의심하다가 그에게 봉변당한다.
- 무관심한 변호사에게 불평불만을 품다가 결국 그를 해고한다.
- 갑자기 아들로부터 과거 엄마가 자신을 농약 먹여 죽이려 했다는 얘길 듣고 경악한다.
- 고물상 사내가 도준이 범인이라고 말하자 결코 아니라고 소리 지른다.
- 그러다가 사내가 신고하려 하자 그를 둔기로 때려죽인다.

<복수는 나의 것>의 류

- B형 혈액형을 A형으로 잘못 알았다가 의사에게 혼난다.
- 공장에서 해고된다.
- 장기밀매업자를 찾아갔다가 전 재산 1천만 원과 자신의 콩팥을 사기당한다.
- 누나의 몸에 맞는 콩팥을 찾았다는 얘길 들은 후 사기당

한 사실을 고백했다가 영미에게 두들겨 맞는다.

- 동진의 딸 유선을 유괴하는 데 성공하지만 누나가 이를 알고 자살한다.
- 누나를 돌무덤에 장사 지내는데 뇌성마비 청년이 나타나 방해하자 쫓아낸다.
- 유선이 익사한다. 청각장애인이 아니었다면 그녀의 살려달라는 소릴 들었을 것이다.
- 자신의 인생을 망친 장기밀매 가족을 찾아내 잔인하게 살해한다.
- 영미를 죽인 동진을 잡으려 자기 집 문을 열다가 감전돼 잡힌다.
- 자신의 고향 냇가에서 동진에게 살해당한다.

여러 마찰의 내용물이 제대로 뿌리를 내릴 때 영화는 관객의 기대를 충족시킨다. 물론 관객의 기대를 충족케 한다는 게 그들이 예측하는 대로 클라이맥스와 결말을 구성한다는 건 아니다. 오히려 반대로 좋은 작가는 꾸준히 관객의 예측이 빗나가는 플롯을 선사하며 그들로 하여금 고개를 갸우뚱하게 만들어야 한다.

"아니, 이게 어떻게 된 거지?"

"이제 무슨 일이 벌어질까?"

"끝은 어떻게 될까?"

작가가 창조한 플롯은 관객을 계속해서 추측하게 만들어야 한다. 만약 모든 게 관객의 예상대로 진행되면 그들은 곧바로 흥미를 잃어버릴 것이다.

영화를 보고난 관객에게 "뻔해!"란 소릴 듣는 건 그야말로 크나큰 수치다.

개연성의 법칙

시작점에서 작가는 무한의 자유를 소유한 채 시나리오를 써 나간다. 하지만 첫 씬을 마무리하는 순간부터 작가가 취할 수 있는 플롯의 선택은 크게 한계를 드러낸다.

어떤 특정한 내용이 설정되는 순간 그 이후 등장하는 모든 사건이나 상황이 그 설정으로부터 벗어날 수 없다는 얘기다. 플롯은 인과관계가 명확할 때, 또는 개연성의 테두리를 벗어나지 않을 때만 관객으로부터 인정받을 수 있다.

예를 들어 〈복수는 나의 것〉의 류는 청각장애인이다. 그럼 이 조건은 영화가 끝날 때까지 바뀔 수 없다. 그가 갑자기 〈고래사냥〉 클라이맥스에서의 춘자처럼 말이 터진다면, 관객이 이해할만한 충분한 논리적 설명이 뒤따라야 한다.

영화 전반부에서 어떤 상황이나 인물, 갈등의 내용 등이 소개되고 나면 작가는 더 이상 마음 내키는 대로가 아니라 개연성이 있는 선택만을 할 수 있다.

클라이맥스에 근접할수록 숨 막히게 꽉 짜인 플롯 속에서 인물들이 선택할 수 있는 대사나 행동은 매우 한계가 있다. 이 시점부터 작가는 시나리오상 꼭 필요한 대사와 행동들만을 적어 넣을 수 있다.

예를 들어 주인공이 철천지원수를 만나 복수를 이루려는 상황에서 "너 혹시 점심은 먹었니?"라고 물어볼 수는 없는 것이다.

수영을 못하던 인물이 갑자기 강물에 빠진 누군가를 구한다고 하자!

이건 일단 말이 안 된다. 이에 관해 관객이 충분히 받아들일 만한 해명이 없다면 그건 개연성의 법칙을 어기는 것이다.

또 다른 예로 금슬 좋은 어느 부부가 있다고 치자!

그런데 과거로 거슬러 올라가면 아내는 남편의 가장 친한 친구를 사랑했었다. 그럼 작가는 어떻게 그녀가 그 친구 대신 현재의 남편을 선택하게 됐는지를 논리적으로 설명해야 한다.

만약 주인공이 목적을 이루는 게 너무 쉽거나 허황되다면,

관객은 절대로 만족스럽게 그 영화를 받아들이지 않을 것이다. 반대로 인과관계가 명확한 틀 속에서 주인공이 겪는 고난과 장애물이 험난하고 서스펜스가 치열하다면 관객은 뿌듯하게 영화를 지켜볼 것이다.

훌륭한 작가는 아주 길게 주인공을 곤경 속에 방치한다. 그러고 나서 맨 마지막에 아주 특별한 방식으로 그를 해방시킨다.

물론 작가는 왜 주인공이 애초 그 곤궁한 상황에 놓이게 됐고, 왜 빠져나오지 못했는지도 설명해야 한다. 맨 마지막에 그가 해방될 때도 어떻게 그것이 가능했는지 관객이 이해할 수 있어야 한다. 그렇기 위해선 주인공과 마찬가지로, 그를 막아서는 안타고니스트에 대해서도 동일한 강도의 연구가 필요하다.

주인공을 막아서는 그는 본질적으로 누구인가?

그는 왜 이 이야기 속에 들어와 있는가?

그의 목표는 무엇인가?

왜 그 목표를 갖게 됐는가?

훌륭한 플롯은 갑자기 닥친 상황과 사건에 대한 주요인물들의 반응에 집중할 때 생성된다. 좋은 작가는 인물들의 감성적 반응을 중요하게 다룬다.

내 주인공은 방금 발생한 사건에 대해 어떻게 느낄까?

그리고 이제 그는 어떻게 행동할까?

성공적인 플롯이라고 해서 주인공이 항상 목적을 이루기 위해 능동적으로 행동하거나 매번 안타고니스트와 치열한 다툼만을 벌이는 건 아니다. 주인공은 감성을 가진 인간이지, 기계나 로봇이 아니기 때문이다.

주인공의 두려움이나 죄책감, 또는 상실감 등이 잘 묘사될 때 플롯은 훨씬 더 풍성해진다.

〈밀양〉에서 신애가 아들 준의 시신을 확인하는 장면에서 관객은 가슴이 무너진다. 영화는 준의 시신을 가까이에서 보여주는 대신 그의 시신으로 다가가는 신애의 모습을 롱쇼트로 길게 보여준다. 그녀의 상실감을 관객이 공유하길 바라는 작가의 의도가 잘 표현된 멋진 장면이다.

〈복수는 나의 것〉에서 류는 누나에 이어 자신이 유괴한 유선마저 잃는다. 이 과정에서 그의 상실감과 죄책감은 따로 설명하지 않아도 절절히 잘 드러난다. 그저 누나를 살리기 위해 신장이식 수술을 해주려 했던 그의 착한 마음은 참혹한 운명의 아이러니로 인해 산산 조각나고 만다.

〈마더〉에서 엄마는 아들이 살인범으로 몰리자 그의 결백을 밝히려 애쓴다. 관객은 그녀가 1퍼센트도 아들을 의심하지 않는다는 사실을 잘 안다.

그런데 클라이맥스에서 그녀는 아들이 범인임이 밝혀지자 이를 감추려고 애꿎은 고물상 사내를 살해한다. 결국 엄마에게 애초 아들의 결백은 절대적으로 중요한 게 아니었단 사실이 드러난다.

과거 동반자살에 실패한 이후 모자는 운명공동체가 됐다. 죽어도 함께 죽고, 살아도 함께 사는 것이다. 만약 고물상 사내가 아들의 범행을 신고한다면 이 운명공동체는 깨지게 된다. 결국 그녀의 살인은 아들과 절대 갈라질 수 없다는 두려움에서 비롯된 범죄다.

각기 처한 상황에 대한 주인공들의 반응을 통해 관객은 그들의 정서적 상태를 이해하며 공감한다. 그렇기 때문에 작가는 플롯을 짤 때 스토리라인만을 구축하는 데 그치는 게 아니라 각 인물의 감성을 드라마타이즈해내는 데도 심혈을 기울여야 한다.

플롯과 캐릭터 - 무엇이 먼저인가?

둘 다 매우 중요하다. 하지만 캐릭터가 있어야 플롯이 존재할 수 있다. 인물이 어떤 특정한 행동을 함으로 플롯이 발생하기 때문이다. 그러므로 인물의 행위가 플롯을 견인한다고 보는 게 옳다.

스토리와 플롯의 차이는?

스토리는 이야기를 순차적으로 나열한 것이다. 이에 반해 플롯은 작가의 의도에 따라 사건을 시간순서와 상관없이 재구성하거나 재배치하는 것을 말한다.

씬과
대사 쓰기

씬은 어떻게 만들어지는가?

작가는 시놉시스와 트리트먼트 과정을 통해 점차 촘촘하게 플롯을 구축해나간다. 트리트먼트는 매우 자세한 시놉시스, 또는 시나리오의 초안 정도로 이해하면 된다. 만약 전체 플롯의 결과물이 꽤나 마음에 든다면 이제 작가는 수십, 때로는 1백 씬이 넘는 장편시나리오 작업에 돌입할 수 있다.

씬을 써나가는 건 큰 고난이지만, 동시에 유쾌한 경험이기도 하다. 작가는 자신이 힘겹게 구상했던 캐릭터와 플롯의 내용물들이 씬 속에 스며들어 구체화되는 걸 보며 환희를 느낀다.

그런데 경험이 일천한 작가들이 인물과 구조를 잘 짜지 않은 상태에서 바로 시나리오작업에 돌입하는 경우를 볼 때가 있다. 그들은 시나리오를 써나가며 캐릭터와 플롯에 대한 고민을 병행할 수 있다고 생각한다.

경험이 풍부한 작가가 이런 방식을 선택한다면, 딱 잘라 틀리다고 말할 수는 없다. 왜냐면 시나리오작업에 있어 공식이란 게 없기 때문이다. 경험이 풍부한 작가는 캐릭터에 관한 구상만을 갖고 시작, 시나리오를 써나가며 훌륭한 이야기구조를 만들어낼 수 있다.

그런데 아마추어라면 얘기가 달라진다. 부족한 경험으로 인물과 구조에 대한 완벽한 계산 없이 시나리오 쓰기에 돌입한다면, 중간에 크나큰 어려움을 만날 가능성이 농후하다.

왜냐?

시나리오 쓰기가 건축과 흡사한 정교함을 요하기 때문이다. 무경험의 건축가가 도면도 없이 집을 짓는다면 결과는 보나마나 큰 재앙일 것이다.

시나리오의 결과물이 완성된 건물이라면, 씬을 써나가는 건 벽돌을 쌓는 것과 같다 할 수 있다. 자칫 벽돌 한두 개 잘못 쌓으면 건물 자체가 무너지는 결과를 초래할 수 있다.

시나리오의 모든 씬들은 잘 짜인 플롯 속에서 각기 떼려야 뗄 수 없는 벽돌처럼 촘촘히 자리를 잡아야 한다. 어느 개별 씬이 매력적이라 하더라도, 그것이 앞 뒤 씬과 동떨어져 있거나 플롯과 상관없이 따로 놀게 된다면 그건 휴지조각이나 다름없다. 이럴 경우, 아쉽지만 그 씬이 적힌 종이를 구겨 휴지통에 버려야 한다.

반복적으로 썼다 버렸다 하지 않도록, 작가는 씬을 쓰기 전에 다음과 같은 고민에 집중해야 한다.

1. 어디에서 벌어지는 일인가?
2. 씬의 주인공, 그리고 주요인물은 누구인가? 그들의 관계는 무엇인가?
3. 씬 내에서 각 인물의 목표는 무엇인가?
4. 그들의 내적 욕망이나 결핍은 무엇인가?
5. 주인공과 주요인물은 어떻게 대립하는가?

작가가 다섯 가지 질문에 모두 답을 얻었다면 비로소 씬 건축에 돌입할 수 있다. 씬을 발전시키는 데 있어 추가로 염두에 둬야 할 사항은 다음과 같다.

1) 장소가 제공하는 정보와 정서를 연구하라!

영화에서 한 씬은 어느 특정한 공간에서 벌어지는 하나의 사건을 의미한다. 한 마디로 어떤 장소에서 무슨 일이 발생하느냐는 거다.

장소가 어디냐, 어느 시간대냐는 작가가 씬을 통해 관객에게 알려줘야 할 정보를 전하거나 분위기를 형성하는 데 있어 매우 중요한 요소로 작용한다.

"안이냐? 밖이냐?"

"밖이라면, 황량한 들판이냐? 혼잡한 도시냐?"

"새벽이냐? 따가운 햇살이 내리쬐는 낮이냐? 황혼이냐?"

장소와 시간의 차이에 따라 씬의 결과는 완전히 달라질 수 있다. 또한 같은 장소, 같은 시간이라도 계절에 따라 다른 무드로 다가온다.

〈복수는 나의 것〉에서 고향 냇가는 정보와 정서적 측면을 모두 충족시키는 탁월한 선택이다.

먼저 정서적 측면을 살펴보자!

류에게 냇가는 어린 시절 누나와 행복하게 뛰놀던 추억의 장소다. 그런데 이 아름다운 냇가는 주요 캐릭터들이 죽거나 묻히는 비극적 장소로 변해버린다.

누나는 죽어 고향 냇가에 묻히고 싶다고 말하곤 했다. 그런데 류는 방송국에 보낸 엽서를 통해 그건 사오십 년 후에나 가능한 일이라며 신장이식 수술을 통해 무조건 그녀를 살려내겠다는 의지를 보여준다. 하지만 류가 유선을 납치한 사실을 알게 된 누나는 스스로 목숨을 끊고, 그는 자신의 계획보다 사오십 년 먼저 그녀를 고향 냇가에 장사 지내게 된다.

그런데 불행은 여기서 끝나지 않는다. 유선이 사고로 물에 빠져 죽고, 이어서 류와 동진 모두 동일한 장소에서 죽임을 당한다.

정보적 측면에서도 고향 냇가의 선택은 매우 탁월하다.

플롯 상으로 유선과 아킬레스건이 잘린 류가 빠져 죽는 장소로 바다는 적합지 않다. 만약 바다였다면 동진이 류의 아킬레스건을 자르기 전에 둘 다 익사했을 게 분명하다. 관객은 이런 동진이 바보 같다며 실소를 금치 못했을 거다.

류의 고향 냇가를 찾은 동진이 그곳에서 뇌성마비 청년을 통해 영미의 차량번호를 알아내는 것도 매우 중요한 정보로 활용된다. 그는 류가 누나를 돌무덤에 묻을 때 나타나 방해했던 인물이다.

그럼 〈마더〉에서 작가가 왜 살인 장소로 고물상을 선택했는지 살펴보자!

플롯 상 엄마의 살인은 완전범죄가 돼야 한다. 그럼으로 인적이 드문 시골외곽 고물상은 그야말로 안성맞춤이다.

관객은 안다. 경찰이 이 하찮은 고물상 방화를 철저히 수사할 리 만무하다는 걸.

당연히 작가는 이를 충분히 예측하고 고물상을 선택한 것이다. 사실 고물상이었기 때문에 엄마가 양철침통을 놓고 나오는 치명적 실수를 저질렀음에도 불구하고 완전범죄가 될 수 있었던 것이다.

영화에 등장하진 않지만, 분명 방화에 관한 수사는 진행됐을 것이다. 그리고 고물상이라는 장소의 특성 때문에 양철침통이 단순한 고물 중 하나로 취급됐을 거다. 만약 고물상이 아닌 다른 장소였다면 침통이 단서가 돼 엄마의 범죄가 밝혀졌을 것이다.

정서적으로도 고물상은 아주 중요한 기능을 한다.

사실 엄마와 고물상 사내의 첫 만남은 클라이맥스가 아니라 영화 중간 즈음 폭우 속에서 이뤄진다. 그녀는 지나치던 고물상 사내로부터 우산을 사고 2천 원을 건네는데 그는 천 원을 돌려준다. 이런 작은 친절을 베풀었던 그를 사정없이 때려죽이며 엄마는 '우리 아들 발톱의 때만도 못한 새끼!'라고 저주를 퍼부어댄다. 자신의 아들은 살인자인데 말이다. 대단한 아이러니다.

2) 씬의 목표가 무엇인지 생각하라!

영화 전체를 좌우하는 주인공의 목표가 있듯 작가도 개별 씬을 쓸 때마다 정확한 '씬 목표'가 있어야 한다. 작가가 씬을 쓰면서 무얼 이루려는지 잘 모르겠다면 분명 길을 잃고 헤매는 거다.

모든 씬에는 작가가 절대적으로 중요하게 여기는 한 가지 포인트가 있어야 한다. 이 포인트는 새로운 플롯을 만들어내는 계기이거나 주요 인물이 관련된 사건이나 이벤트일 것이다. 대부분의 경우 이 포인트는 관객에게 새로운 정보를 제공하거나 그들로 하여금 주요 인물과의 공감대를 이루게 할 목적으로 쓰인다.

〈밀양〉에서 가장 중요한 교도소 면회 장면에서 작가가 이루려는 '씬 목표'는 신애의 분노를 유발하는 거다. 이미 신으로부터 자신의 죄를 용서받았다는 도섭의 말에 신애는 형용키 어려운 울분을 느낀다.

〈마더〉의 클라이맥스 이후 엄마는 숲속에서 잠시 잠에 들었다가 깨어난다.

다음 씬, 갈대밭을 가로질러 가던 그녀는 방금 고물상 사내를 망치로 때려죽인 자신의 두 손을 내려다본다. 작가가 의도한 '씬 목표'는 이 부분에서 이뤄진다.

피 묻은 양손을 내려다보며 그녀는 무슨 생각을 할까?

죄책감을 느낄까?

아니면 혹시 자신의 범죄가 드러날지도 모른다는 두려움을 느낄까?

〈복수는 나의 것〉에서 동진은 영미를 찾아내 전기로 고문한다. 그녀는 유선을 납치한 일에 대해 진정으로 사과한다. 하지만 동진은 매정하게 전기스위치를 올리고 그녀가 소리 지르며 죽어가는 걸 지켜본다.

동진이, 그리고 작가가 이루려는 '씬 목표', 즉 영미의 살해가 완성되자마자 영화는 곧바로 다음 씬으로 넘어간다.

3) '씬 목표'가 달성되면 주저 없이 다음 장면으로 넘어가라!

아마추어작가들이 가장 힘들어하는 게 이거다. 씬을 다 쓰고 나서 뭔가 빼먹은 게 있지 않을까, 혹시 더 집어넣어야 할 게 있지 않을까 하는 고민이 시나리오의 운행을 더디게 만든다.

예를 들어 어느 커피숍에 남편과 아내가 앉아있다고 하자!

아내는 심각한 표정으로 창밖과 커피 잔을 번갈아본다. 남편은 이런 아내를 보며 불안해한다. 잠시 후, 뭔가 망설이던 그녀가 서류를 하나 꺼내 테이블에 올려놓고는 입을 연다.

"여보, 나 그동안 힘들었어."

다음 장면, 남편이 씩씩거리며 커피숍 문을 열고 나온다. 차창 너머 보이는 아내는 울고 있다.

이럴 경우 구구절절 둘이 이혼에 관해 논쟁하는 걸 보여주는 건 사족이다. 서류가 '합의이혼서'임을 설명하는 것도 불필요하다.

〈밀양〉에서 교도소 면회 씬은 도섭의 허무맹랑한 말에 일그러지는 신애의 표정으로 끝난다. 이걸로 씬의 목표가 달성됐으니 영화는 다음 장면으로 넘어간다.

곧바로 이어지는 교도소 밖 장면에서 울분을 참지 못한 신애는 혼절한다.

〈마더〉에서 아정의 살해범으로 몰린 도준에게 형사가 범죄 현장에서 발견된 골프공을 건넨다. 자신의 이름이 적힌 골프공을 내밀자 도준은 당황하고, 형사들은 조서를 내밀며 자백을 강요한다. 이 씬은 조서와 도준의 허벅지에 놓인 인주를 보여주며 마무리된다.

정작 도준이 자백하거나 조서에 도장 찍는 걸 보여주지 않음에도 불구하고, 다음 씬이 시작되자마자 관객은 그가 자신의 죄를 인정했음을 알게 된다.

다음, 유치장 씬에서 엄마는 도준에게 왜 유죄를 인정했느냐고 추궁한다.

이처럼 작가는 자신의 '씬 목표'가 달성되면 서둘러 다음 씬으로 넘어가야 한다. 만약 씬이 마무리됐는데도 무언가 자신이 원하는 걸 이루지 못한 느낌이라면 '씬 목표'가 명확지 않았거나 한 씬에 너무 많은 포인트를 쑤셔 넣으려 욕심을 부린 게 분명하다.

4) 시각적으로 어떻게 표현할지 고민하라!

씬은 단지 캐릭터들의 대사만으로 이뤄지는 게 아니다. 그러므로 작가는 무엇이 그 씬을 시각적으로 풍부하게 할까를 고민해야 한다. 그렇기 위해 씬이 이뤄지는 장소의 이미지와 정서, 캐릭터들의 움직임까지 감안해야 한다.

대사보다 캐릭터의 행위를 통해 이야기를 전개할 때 관객은 더 깊게 몰입한다. 물론 캐릭터가 말 대신 행동으로 뭔가를 표현할 때, 관객은 그 안에 담긴 의미를 해석해낼 수 있어야 한다. 이 경우 작가는 관객이 자신의 의도를 이해하도록 효과적인 힌트를 제공해야 한다.

주인공이 모든 걸 말로 설명하려 하면 관객은 이를 무시하거나 믿지 않으려는 경향을 보인다. 우리가 말만 앞서는 사람을 믿지 않는 것과 비슷하다. 결국은 그의 행동을 통해 관객의 감정은 움직이게 된다.

〈밀양〉의 신애는 납치된 아들을 기다리는 씬부터 준의 시신이 화장되는 씬까지 단 한 마디 대사도 내뱉지 않는다. 과한 행동도 보이지 않는다. 오히려 다른 캐릭터들이 과한 행동과 대사를 늘어놓는다.

그럼에도 불구하고 신애의 상실과 고통, 그리고 절망 등은 그녀가 말을 하는 것보다 훨씬 더 잘 표현된다. 무작정 아들을 기다리며 눈물 흘리는 엄마의 심정에 관객도 함께 아파한다.

피아노 학원으로 신애를 찾아온 형사들은 준에 대해 단 한 마디 말도 하지 않는다. 봉고차로 다가와 신애에게 "한 번 내려가 보시겠습니까?"라고 형사가 말할 때도 준의 운명에 관해 직접적으로 드러나는 정보는 없다. 그럼에도 불구하고 관객은 준이 죽었음을 명확히 안다.

차에서 내리는 신애의 얼굴 위로 스치는 두려움과 절망은 관객을 슬픔에 빠뜨린다. 그녀가 준의 시신을 향해 비탈을 내려가다 넘어질 때 관객도 그녀 마음과 함께 무너져 내린다.

신애는 경찰서로 잡혀 들어오는 도섭을 보면서도, 아들이 죽었는데 왜 눈물 한 방울 안 흘리느냐고 삿대질하는 전 시어머니를 향해서도 아무 말도 하지 못한다. 하지만 그녀의 애통함을 짐작지 못하는 관객은 하나도 없다.

이처럼 긴 시간 동안 주인공이 단 한 마디 대사를 내뱉지 않았음에도 불구하고 모든 씬은 정보나 감정을 전달함에 있어 아무런 부족함도 드러내지 않는다. 오히려 대사를 절제함으로 더 나은 결과를 얻는다. 이것이 바로 시네마의 위대한 힘이다.

〈마더〉에서 도준은 바보라는 소릴 죽도록 싫어한다. 유치장 면회실에서 자신을 바보라고 하는 엄마에게 "바보라니, 아들한테?"라며 버럭 화를 낸다. 교도소 뜰에서 역시 바보라고 놀리는 다른 재소자와는 한바탕 싸움까지 벌인다.

누가 바보라고 할 때마다 왜 도준이 분노하는지 영화는 직접적으로 설명하지 않는다. 하지만 관객은 그가 화를 내는 게 내재된 열등감 때문임을 잘 안다. 아정이 살해된 이유도 그녀가 도준을 '바보 같은 새끼'라고 불렀기 때문이다.

〈복수는 나의 것〉에서 유선의 시신을 부검하는 장면은 작가가 시각적으로 무엇에 집중해야 하는지를 잘 보여주는 예다. 유선의 복부를 수술용 칼로 베는 쇼트 하나를 보여 준 후 영화는 부검장면을 생생한 효과음으로만 처리한다. 뼈를 잘라내고 분리하는 소리가 생생하게 들리는 동안 카메라는 슬픔에 빠진 아버지 동진의 얼굴만 비춘다. 당연히 관객은 그의 아픔에 공감한다.

좋은 대사, 어떻게 써야 할까?

많은 사람이 대사를 일상적 대화로 착각한다.

절대 아니다. 일상의 대화, 즉 잡담은 닥치는 대로 내뱉고, 반복적이며 포인트도 없이 전개되는 경우가 많다.

좋은 대사는 플롯이 요구하는 결과를 얻기 위해 치밀하게 '꾸며진 대화'다. 구라(?)란 얘기다.

이 '꾸며진 대화'가 생명력을 가지려면 관객이 들을 때 구라가 아니라 진짜로 느껴져야 한다. 부자연스럽고 유치한 대사가 괜찮은 스토리를 완전히 망치는 경우가 허다하다.

올바른 대사는 의도와 쓰임새가 명확하다. 대사는 관객의 이해를 돕도록 요긴한 정보를 제공하거나 주요 캐릭터의 생각이나 감정을 이해하게끔 해야 한다.

클라이맥스를 향해 달리는 이야기의 동선에서 이탈하는 대사는 지양해야 한다. 모든 대사가 촘촘히 짜인 플롯의 맥락 속에서 창조돼야 한다는 말이다. 주된 이야기구조에서 멀어진다면, 그건 훌륭한 대사가 될 수 없다.

그런데 아마추어들은 플롯과 완전히 동떨어진 대사를 남발하는 경우가 많다. 물론 영화의 무드를 살리거나 특별한 유머로 웃음을 유발하는 대사라면 잠깐 노선에서 이탈한다 해도 충분히 눈감아 줄 만하다.

멋진 대사를 쓴다는 건 멋진 씬을 창조하는 것과 일맥상통한다. 플롯을 기가 막히게 짰다 하더라도 대사가 맛이 없으면 시나리오는 밋밋해진다.

마치 노래실력이나 말솜씨가 천차만별이듯 대사를 쓰는 능력도 마찬가지다. 유머와 은유를 적절히 활용할 줄 아는 타고난 언어의 연금술사들이 있다. 그들은 언어의 은행에서 자유자재로 말을 인출해 흥미롭고 깊이 있는 시나리오를 만들어낸다.

하지만 천재가 아니라고 너무 걱정할 필요는 없다. 대부분의 작가는 당신처럼 평범하다. 천부적 재능이 좀 부족하다 해도 부단한 노력을 바탕으로 당신도 훌륭한 대사를 만들어낼 수 있다.

장황한 생활언어를 늘어놓는 드라마와 달리 영화 속 대사는 관객이 한 번 듣고 바로 깨닫도록 명확하고 단순해야 한다. 다음 대사가 나오기 전 관객은 방금 들은 대사를 완벽히 독해해낸 상태여야 한다.

만약 대사가 너무 장황하거나 난해해 곧바로 이해하지 못했다면 관객은 방금 들었던 대사의 의미를 헤아리기 위해 에너지를 쏟을 것이고, 결과적으로 다음에 등장하는 대사에 대한 집중력을 잃게 될 것이다.

그러므로 좋은 대사는 간결하게 정돈된 문장으로 전달돼야 한다. 실제 삶에서 인간들은 글처럼 정리된 문장으로 말하지 않는다. 그들은 남의 얘기를 가로채거나 중언부언한다. 빠르게 나불대기도 하고, 고상한 척 시어를 읊어대거나 이해할 수 없는 어려운 말을 늘어놓기도 한다.

대사는 그렇게 하면 안 된다. 관객을 향한 전달력이 떨어져 그들의 몰입과 이해를 방해하기 때문이다.

물론 작가가 경우에 따라서 대사를 물리게 할 수도, 배우로 하여금 똑같은 말을 여러 차례 반복하게 할 수도 있다. 아무도 이해 못 할 어려운 학문적 언어들을 쏟아낼 수도 있다. 단, 이럴 경우 그럴만한 이유가 명확히 있어야 한다.

어수선한 대사를 써놓고 그 속에 일상성과 리얼리티가 있다고 우기면 곤란하다. 우리 삶의 리얼리티와 영화 속 리얼리티는 엄연히 다르다.

그렇다면 좋은 대사는 어떻게 써야 할까?

다음은 아주 자연스럽게 배우의 입술에 짝짝 붙고, 관객을 탄복케 할 대사를 쓰기 위해 작가가 새겨야 할 사항들이다.

1) 서둘러 시작하고, 빨리 써라!

한 씬에 대한 아웃라인을 갖고 있다면 마음껏 자유롭게 쓰겠다는 생각으로 바로 시작하는 게 좋다. 장황하거나 꾸민 듯 보이는 대사만 떠올라도 상관없다. 다 쓰고 나서 간결하고 자연스러운 대사로 바꾸면 된다. 아무리 천재적인 작가라도 한 씬을 마무리하고 나서 당연히 대사수정 작업을 거친다.

2) 극적 에너지를 서서히 증폭시켜라!

클라이맥스에 근접하면서 영화의 에너지가 향상되듯, 씬을 쓸 때도 서서히 긴장을 증폭시켜나가야 한다.

만약 한 친구가 좌절에 빠진 주인공을 위로한다고 하자! 그런데 곧바로 주인공이 "고맙다, 친구야!"라고 한다면 무슨 재미가 있을까?

이럴 경우 주인공으로 하여금 "날 동정하지 말라!"며 우선 위로의 손길을 뿌리치게 만든다. 그럼 자연스럽게 서스펜스가 증폭된다. 이제 친구는 더욱더 진심 어린 대사로 위로하는 마음을 드러내고, 주인공은 그의 참마음을 깨우치며 서서히 위로를 받아들이는 거다.

감정의 진행이 나쁨에서 좋음이 아니라, 나쁨에서 더 나쁨으로, 그러다가 좋음으로 바뀐다면 훨씬 더 효과적이다.

3) 대사를 최대한 줄여라!

아마추어 작가들은 자신의 스토리 전달을 위해 대사를 남발하는 경우가 허다하다.

영화는 시각을 무기로 삼는 예술이다. 모든 걸 말로 해결하기보단 어떻게 대사를 줄이고 시각적으로 보여줄지를 고민해야 한다. 간결함이 미주알고주알 설명하는 것보다 훨씬 낫다.

앞서 말한 것처럼 〈밀양〉의 신애는 납치된 아들 준을 초조하게 기다리는 상황부터 그의 시신이 화장터의 재가 되는 장면까지 단 한 마디 대사도 내뱉지 않는다. 그럼에도 그녀의 표정과 행동이, 직접 대사를 통해 자신의 감정 상태를 전달하는 것보다 훨씬 더 효과적인 결과를 낳는다.

특별한 이유가 없는 한 장황한 대사나 일장연설 등은 과감히 줄여야 한다. 간결한 대사, 아니 더 나아가 대사 없는 표현이 훨씬 더 드라마를 강하게 전달하는 경우는 수없이 많다.

4) 상투적 대사를 자제하라!

"난 널 처음 보았을 때 사랑에 빠졌어!"

이보다 더 진부한 대사를 쓰긴 힘들 거다, 그런데 아마추어들의 각본에는 꼭 이런 상투적 대사가 여러 군데 들어있다.

영화에서 너무 직접적인 대사는 오히려 효과를 감퇴시킨다. 특히 감정을 "싫다", "좋다" 등 직접적이며 상투적으로 표현할 때 김이 빠진다.

관객은 등장인물이 자신의 처지나 감정을 은유적으로 드러낼 때 더 강렬하게 교감한다.

5) 유머를 찾기 위해 노력하라!

유머는 꼭 코미디에만 등장하는 게 아니다. 가장 비극적인 영화에서 종종 유머가 빛을 발하는 경우를 볼 수 있다. 〈마더〉와 〈복수는 나의 것〉에도 여러 차례 우스꽝스러운 상황이나 농담이 등장한다. 이 경우 작가는 유머러스한 장면이나 사건, 또는 농담 등을 통해 무거운 분위기를 덜어내거나, 반대로 더 무시무시한 느낌을 만들어내기도 한다.

〈마더〉에서 베테랑형사가 도준의 이름이 적힌 골프공을 내밀자 젊은 형사가 "아예 시체 옆에다 비석을 세우지, 이 새끼야! 네 이름 석 자 딱 파가지고!"라고 말하며 웃는다. 관객도 빵 터진다.

엄마가 비닐옷장에 숨어 지켜보는 가운데 도준의 친구 진태와 술집 맨해튼 딸이 섹스하며 주고받는 끝말잇기도 압권이다.

"스파게티, 티파니, 니기미, 미네랄, 알탕... 탕평책!"

관객은 '탕평책'에서 배꼽을 잡고 웃는다.

〈복수는 나의 것〉에서 해고된 팽기사의 할복시도 씬은 비극과 유머의 부조화를 잘 살린 명장면이다.

팽기사는 웃옷을 바닥에 집어던지고 러닝셔츠만 입은 채 할복을 시도하려 한다. 하지만 바지주머니에서 칼을 못 찾은 그는 어쩔 수 없이 땅바닥에 던졌던 웃옷을 뒤져 칼을 꺼내 배를 가른다. 이 무지막지한 장면에서 관객은 웃어야 할지 심각해야 할지 갈피를 잡지 못한다.

이처럼 유머는 영화 중반 자칫 느슨해질 수 있는 분위기에 활력을 집어넣는다.

대화와 대사의 차이

영화 속 대사는 닥치는 대로 내뱉고 반복적이며 포인트도 없이 전개되는 '일상의 대화'가 아니라 플롯이 요구하는 결과를 얻기 위해 치밀하게 '꾸며진 대화'다.

그러므로 의도와 쓰임새가 명확지 않은 채 남발되는 대사는 결코 용납될 수 없다. 대사는 관객이 영화를 이해하는 데 필요한 정보를 제공하거나 주요 캐릭터의 생각이나 감정을 깨닫게 하는 데 도움을 줘야 한다. 이 둘 중 하나의 기능도 하지 못하는 대사는 곧바로 휴지통에 버려야 한다.

영화 전반부

어떻게 영화의 문을 열 것인가?

영화의 아이디어도 충분하고 이야기의 확장까지 어느 정도 청사진을 갖췄다면 집을 짓기 시작하듯 곧바로 시나리오를 쓰기에 돌입할 수 있다. 하지만 경험이 부족한 작가는 걸음마에서부터 커다란 벽에 부딪칠 수 있다.

멋진 오프닝을 쓴다는 건 참으로 쉽지 않은 일이다. 시각적 묘사도 훌륭해야 하고, 동시에 관객에게 전달할 정보의 종류와 양을 결정하는 것도 난해한 일이다.

아무리 웅대한 건축물이라도 주춧돌을 잘못 놓는다면 안정성을 장담하기 어렵고 때론 무너지는 참사를 맞을 수도 있다. 그렇기 때문에 오프닝 등 시나리오 전반부를 어떻게 구축하느냐가 그 영화의 성패를 좌우한다고 해도 과언은 아닐 것이다.

전반부는 관객이 자신들이 볼 영화가 무슨 얘기인지, 향후 어떻게 전개될지를 가늠케 하는 매우 중요한 시간이다. 선을 보거나 미팅할 때 상대의 첫인상이 모든 걸 좌우하듯 작가는 시작부터 관객의 마음과 시선을 사로잡을 명확한 전략이 있어야 한다.

장편 전반부의 러닝타임은 길지 않으나, 어쩌면 작가가 해야 할 일은 드라마가 본격적으로 전개되는 중반부보다 훨씬 더 어려울 수 있다.

작가가 전반부를 꾸미며 해야 할 그 쉽지 않은 임무는 다음과 같다.

1) 주인공 소개

대부분의 영화는 시작과 함께 주인공을 등장시킨다. 주인공과 관객의 첫 만남은 매우 중요하다. 그렇기에 작가는 무슨 수를 써서라도 관객이 자신이 내세우는 주인공에 대해 처음부터 흥미를 갖게 하려고 머리를 쥐어짜야 한다.

주인공을 보며 웃게 할 것인가, 아니면 그를 불쌍히 여기게 할 것인가?

진지하게 받아들이게 할까, 실없는 인물로 보이게 할까?

관객으로 하여금 주인공과 동일시하게 할까, 객관화하게 할까?

대체적으로 영화에서 먼저 드러나는 주인공의 모습은 외적 요소들이다. 그리고 이는 후반부에 드러나는 그의 진면목과 차이를 보이는 경우가 허다하다.

〈복수는 나의 것〉의 류는 처음엔 한없이 착한 장애인으로 보인다. 이는 연인인 영미를 잃은 후 장기밀매집단 가족을 야구방망이로 때려죽이는 모습과 명확한 대비를 이룬다.

〈밀양〉 초반부의 신애는 심약한 과부다. 그러나 아들 준을 죽인 도섭이 자신에게 용서를 받기 전에 이미 신으로부터 용서를 받았다고 하자 분노의 화신으로 변한다. 교회집회를 훼방 놓고, 장로를 유혹해 넘어뜨리려는 모습은 애초 관객이 보았던 소심한 모습과는 확연한 차이를 보인다.

〈마더〉의 엄마는 아들 때문에 골치 썩고 비굴하게 돈이나 꾸러 다니는 별 볼일 없는 여자다. 심지어 아들의 친구에게 모욕당해도 꼼짝 못 한다.

이런 그녀가 나중에 살인을 저지르는 순간 관객은 큰 충격에 빠진다. 자신들이 생각했던 그녀는 절대 그런 짓을 할 인물이 아니라고 생각했기 때문이다.

놀라운 것은 영화 내내 관객이 그녀에 대해 속고 있다는 점이다. 사실 전반부가 아니라 후반부에 드러나는 게 진짜 그녀의 모습이다.

무슨 소리냐고?

그녀는 다섯 살 아들을 농약 먹여 살해하려 했던 여자다. 아들도 죽이려 했던 여자가 남을 죽일 수 있는 건 그렇게 짐작키 어려운 일은 아니다.

2) 영화를 보는 데 필요한 기본정보 제공

작가는 영화 시작과 함께 관객이 보게 될 영화가 무엇인지, 최소한의 정보를 줘야 한다. 이야기의 배경과 시간(혹은 시대)은 무엇인지, 어떤 방향으로 흘러갈지 등에 대해 어느 정도 안내해줘야 한다는 뜻이다.

물론 처음부터 모든 정보를 다 알려주는 과잉친절은 필요 없다. 첫 데이트부터 자신의 모든 걸 다 까발리는 상대에 대해 호감도가 급하강하듯 처음부터 모든 정보를 다 주면 관객의 관심도는 바로 떨어진다.

반대로 너무 정보를 안 주는 것도 문제다.

데이트상대가 자신을 드러내는 데 너무 신중하고, 처음부터 뭔가 숨긴다는 인상이 들면 당연히 기분이 나쁘다. 그렇기에 작가는 관객이 처음부터 영화를 어느 정도 이해하며 따라올 수 있을 만큼 적당한 양의 정보를 공급해야 한다. 직선적으로 어떤 영화인지 설명할 필요는 없으나 분명 정확한 힌트는 있어야 한다는 말이다.

만약 전반부가 끝날 즈음 관객 1백 명이 영화에 대해 각기 다 다른 생각을 갖게 된다면, 그건 큰 문제다. 이는 초반에 영화를 이해하는 데 필요한 효과적 정보제공에 실패한 것이다.

전반부 관객에게 정보를 제공할 때 작가는 세 가지로 고민을 압축해야 한다.

1. 어떤 정보를 꼭 알려야 하는가?
2. 어떤 정보를 감춰야 하는가?
3. 어떤 정보가 암시적이어야 하는가?

2와 3은 관객의 관심을 효과적으로 영화에 붙들어두는 훌륭한 방법이다. 이렇게 정보제공에 뜸을 들일 경우 관객은 계속 "다음엔 어떻게 되지?"란 생각으로 스크린에서 눈을 떼지 않게 된다.

가장 중요한 영화 전반부의 정보는 인물, 특히 주인공을 소개하는 내용이다.

〈마더〉의 오프닝 씬에서 웬 중년 여자(김혜자 분)가 숲속에서 나와 실성한 듯 춤을 춘다. 흐느적거리는 그녀는 가끔씩 자기 얼굴을 손으로 가리며 괴로워한다.

관객은 왜 여자가 실성한 듯 춤을 추는지 고개를 갸우뚱한다. 하지만 정확히 뭔지는 몰라도, 그녀가 좋지 않은 일을 겪었다는 것만큼은 충분히 짐작할 수 있다.

영화 후반부에 가서야 그녀가 춤을 추기 전 살인을 저질렀음이 밝혀진다.

곧이어 두 번째 씬, 약재상에서 그녀는 약초를 자르며 문 너머로 차도 가까이서 개와 장난을 치는 한 청년을 위험한 시선으로 바라본다. 그러다 차사고가 날 뻔하고 그녀는 손가락을 베인다.

혼비백산한 그녀는 밖으로 뛰쳐나가 '도준'이라 이름 부르며 괜찮은지 살핀다. 정신적으로 모자라 보이는 도준은 "엄마 들어가!"라며 그녀를 밀치고는 허둥지둥 멀어진다.

작가는 맨 앞에서부터 주인공인 엄마가 시골 약재상을 운영하며 불법으로 침을 놓는 여자임을 알려준다. 이는 관객으로 하여금 그녀를 파악하는데 꼭 필요한 정보다.

특히 침은 플롯에 있어 도저히 빠져서는 안 될 어마어마한 역할을 한다. 그녀는 살인을 저지른 현장에 불을 지르는데 정작 양철침통을 두고 나오는 치명적 실수를 범한다. 다행히 도준이 그걸 주워 갖고 오는 바람에 그녀의 살인은 완전범죄가 된다.

침은 주인공의 정서적 측면을 표현하는 데도 큰 역할을 한다. 그녀는 어린 시절 자신을 농약 먹여 죽이려 하지 않았느냐는 아들의 항변에 끔찍한 기억을 잊도록 침을 놔주겠다고 한다. 나중에 그녀는 끔찍한 살인의 기억을 잊고 싶기라도 하듯 자신의 허벅지에 스스로 침을 놓는다.

영화의 전반부는 아들 도준의 지적장애를 알리는 여러 장치를 효과적으로 선보인다.

도준은 골프장 웅덩이에서 주운 공을 갖고 여자에게 선물할 거라고 말한다. 또한 벤츠 차량 백미러를 파손한 친구 진태가 정작 자신을 범인으로 몰아가는데도 그 사실조차 알아채지 못한다.

전반부 '바보 도준'이 그냥 하나의 영화적 설정인 듯 보이나 뒤로 갈수록 그의 지적 모자람은 드라마적으로 엄청난 의미를 갖는다.

평상시 꽤 유순한 그는 누가 자신을 바보라 부를 때 이성을 잃고 폭발한다. 그가 소녀를 죽인 것도 무시당했다는 감정 때문이다.

더 놀라운 것은 도준의 지적장애가 선천적인 게 아니라 엄마가 농약을 먹였기 때문일 수도 있다는 점이다. 물론 반대로 그의 지적장애가 동반자살 시도의 원인일 수도 있다. 어쨌든 영화는 이를 명확히 설명하지 않는다.

〈밀양〉은 영화 시작과 함께 주인공인 신애의 신상과 정서적 상태에 관한 정보를 꽤 상세하게 보여준다.

처음부터 그녀는 상당히 불안해 보인다. 고장 난 차를 노변에 두고 아들 준을 간지럼 태우며 놀던 그녀는 갑자기 돌변해 아들더러 빨리 일어나라며 히스테리를 부린다.

곧이어 그녀는 준에게 "아빠가 고향인 밀양에 내려와 살고 싶다."고 했다 말하는데, 정작 아들은 "아빠 없잖아!"라고 받아친다. 관객은 곧바로 그녀가 과부임을 알게 된다.

신애는 영화 전반부 내내 누가 묻지 않았는데도 남편에 대한 얘기를 늘어놓는다. 서울에서 잠시 놀러 내려온 동생이 매형이 딴 여자와 바람을 피우지 않았느냐고 하는데도 부정하려 든다. 남편의 부재가 그녀에게 남긴 마음의 공백이 얼마나 큰지를 잘 설명하는 설정이다.

영화 내내 신애 주변을 맴돌며 그녀를 돌보는 종찬에 대한 정보 전달에도 작가는 세밀하게 공을 들인다.

종찬은 매우 보수적이며 어느 정도 세상의 찌든 때가 묻은 인물이다. 준의 노랑머리를 처음 본 그는 "머리 스타일이 와 그라노?"라며 퉁명스럽게 묻는다.

첫 만남부터 신애에게 호감이 생긴 그는 계속 호의를 베푼다. 가짜 피아노대회 상장을 만들어 그녀의 피아노학원에 걸기도 하고, 다방 배달녀의 치마 속 팬티에 대한 음담패설을 늘어놓기도 한다. 이처럼 꽤 속물스러운 그가 신애를 위해 아무 대가 없이 헌신하는 모습은 이 영화를 돋보이게 하는 훌륭한 아이러니로 활용된다.

초반 준이 다니는 웅변학원과 봉고차 씬에서 관객은 왜 이런 별 의미 없는 상황을 보여주는지 고개를 갸우뚱한다. 그러나 영화가 전개되면서 두 씬에서 드러나는 정보가 관객에게 필수적임이 여지없이 드러난다. 왜냐면 이 웅변학원 원장이 나중에 준을 유괴해 살해하는 도섭이기 때문이다.

어이없게도 전반부 신애는 도섭에게 자신이 집을 짓고 살 땅을 알아봐 달라고 한다. 관객은 별 생각 없이 이 순간을 지나쳤지만, 이 쓸데없는 말이 결국 크나큰 비극을 불러온다. 돈이 절실한 도섭은 신애의 말을 듣고 그녀가 여윳돈이 많을 거라 짐작, 준을 유괴한다.

〈복수는 나의 것〉 전반부는 영화의 환경과 주인공 류에 대한 설명을 내레이션 형식으로, 라디오 디제이(이금희 분)의 방송을 통해 손쉽게 해결한다. 아주 효과적인, 뻔뻔한(?) 장치다.

"전 착한 사람입니다. 성실한 근로자죠. (중략) 피붙이라곤 누나밖에 없는데요. 절 미대에 보내려고 누나는 진학도 포기하고 공장에 들어갔습니다. 하지만 몹쓸 병에 걸리는 바람에 그것도 그만둬야 했고… (중략) 그런데 요즘 제가 어떤 결심을 했거든요. (중략) 제 입으론 말할 수 없어요. 전 듣지도 말하지도 못하는 청각장애인이니까요."

류는 피붙이라고는 누나밖에 없는 고아다. 그런데 자신을 위해 진학까지 포기했던 누나가 몹쓸 병에 걸렸다. 공장노동자이며 청각장애인인 그는 이제 무슨 수를 써서라도 그녀의 병을 고쳐주어야 한다.

이 엄청난 양의 정보를 채 1분도 안 되는 러닝타임 내에 소화할 수 있는 것은 내레이션의 힘이다. 짧은 시간 내에 엄청난 양의 정보를 전하는데 이보다 효과적인 방법이 또 있을까?

〈복수는 나의 것〉에서 오프닝 내레이션의 효과를 맛본 박찬욱은 이후 〈친절한 금자씨〉(2005)에서도 성우 김세원을 내레이터로 등장시켜 전반부 유괴살인범으로서 주인공 이금자의 과거사를 순식간에 설명한다.

우디 앨런의 〈내 남자의 아내도 좋아〉(2009) 등 다수 영화들이 오프닝 시퀀스에서 효과적으로 내레이션을 활용한 좋은 케이스들이다.

가끔 자막도 영화의 환경이나 주인공의 과거사를 설명하는데 매우 효과적으로 쓰인다. 자막은 드라마적으로 방대한 양의 사전정보나 영화가 실화에 기반을 두었다는 내용 등을 관객에게 알려야 할 경우 동원된다.

누나의 신장질환을 고치기 위해 돈을 모은 류는 바로 두 번째 씬에서 크나큰 좌절에 부딪친다. 의사 말에 따르면 A형인 줄 알았던 자신의 혈액형이 사실은 B형이란다.

작가는 오프닝에서 류를 한창 희망에 부풀어 오르게 하고, 장면이 바뀌자마자 곧바로 좌절의 늪에 빠뜨린다. 잔혹하나, 매력적이다.

다음 장면, 류는 야구연습장에서 미친 듯 알루미늄배트로 공을 때린다. 관객은 이를 고독한 청각장애인이 울분을 다스리는 취미로만 판단하나, 여기서 보여준 류의 배팅 실력은 자신에게 사기를 치고 수술비를 빼앗아간 장기밀매 조직을 응징할 때 요긴하게 쓰인다.

이어서 영화는 장기밀매 조직이 '장기 알선' 전단지를 남자 화장실에 붙이는 장면과 류의 실직을 보여준다. 이 두 가지 정보는 관객으로 하여금 향후 그가 어떤 운명의 소용돌이에 휘말리게 될지를 어렵지 않게 짐작게 한다.

영화의 환경과 주인공을 아는데 필요한 정보들이 다 소개되면, 이제 영화는 중반부로 넘어갈 준비를 해야 한다. 전반부를 빈틈없이 마무리하기 위해 이 지점에서 작가는 다음과 같이 더 세심한 고민을 반드시 해야만 한다.

3) 이야기를 규정하는 사건

전반부 끝 지점에 꼭 등장해야 하는 건 바로 '이야기를 규정하는 사건'이다. 주인공의 운명을 바꿔놓는 사건이요, 영화의 원동력이 되는 사건이다.

앞서 말했듯 작가는 이 사건을 활용, 진지하게 '드라마적 문제 제기'를 해야 한다. 이는 주인공에겐 꼭 해결해야 하는 문제이고, 관객에겐 가장 중점을 두고 봐나가야 할 문제다.

딸이 납치됐다면 아버지는 그녀를 찾기 위해 나서야 한다.

누군가 내 목숨보다 소중한 친구를 때려죽였다면 어떻게 응징해야 할지 결정하고, 실행에 옮겨야 한다.

새 학기 강의실에서 너무도 맘에 드는 남학생을 봤다면, 어떻게 사랑을 쟁취할지 정한 후에 그의 마음을 얻기 위해 애써야 한다.

이처럼 주인공은 '이야기를 규정하는 사건'을 계기로 예기치 않은 험난한 상황으로 내몰린다. 그리고 이제 비로소 영화는 말에 박차를 가하듯 숨 가쁘게 내달리기 시작한다.

당연히 이 정도 강도의 사건이라면, 그건 매우 획기적인 일이어야 한다. 이 사건은 주인공으로 하여금 어떤 식으로든 대응할 수밖에 없게 만든다. 이로 인해 주인공에겐 예측하기 어려운 난관들이 닥쳐오게 된다.

이제 주인공에겐 어떤 특별한 목표가 주어지고, 그는 이를 이루기 위해 적극적으로 몸부림쳐야 한다.

〈밀양〉의 신애는 아들 준을 잃어버린다. 그런데 유괴범이 전화를 걸어 돈을 요구한다.

그녀는 선택의 기로에 선다. 어느 길을 택하든 그녀의 목표는 아들을 살리는 것이다.

〈마더〉의 도준은 여학생 아정을 살해한 범인으로 몰린다. 주인공 엄마는 아들의 결백을 믿는다. 그녀는 아들의 결백을 입증하기 위해 무슨 짓이든 할 각오가 돼 있다.

〈복수는 나의 것〉의 류는 누나 신장이식 수술을 위해 모은 전 재산 1천만 원을 장기밀매 조직에게 사기 당한다. 아울러 자신의 콩팥 하나까지 놈들에게 도둑맞는다.

류는 놈들을 찾아 절단내고 싶은 마음이 간절하다. 그러나 당장 그것보다는 무슨 수를 써서라도 누나의 수술비를 다시 마련해야 한다. 그런데 이제 수중에 돈 한 푼 없는 그가 어디서, 어떻게 그 돈을 마련한다는 말인가!

'이야기를 규정하는 사건'을 통해 제기된 '드라마적 문제'는 나중 클라이맥스에서 어떤 식으로든 결론을 맺어야 한다. 주인공의 원래 목표가 이뤄질 수도, 아닐 수도 있다. 주인공이 이길 수도, 패할 수도 있다. 심지어 죽을 수도 있다.

〈마더〉의 엄마는 아들의 결백을 밝히기 위해 백방으로 노력하다 살인현장을 직접 봤다는 고물상 사내를 만난다. 그런데 그는 정작 도준을 범인으로 지목한다.

도준이 무죄로 풀려날 거라는 엄마의 말에 고물상 사내는 경찰에 전화를 걸어 그가 진범임을 알리려 한다. 그 찰나 그녀의 원래 목적은 무의미해지고, 대신 사내를 제거해야 한다는 새로운 목표가 생겨난다. 그녀는 주저 없이 사내를 때려죽인다.

아들의 결백을 밝히겠다던 그녀의 원래 목적은 클라이맥스에서 허망한 실패로 결론난다. 하지만 그녀는 고물상 사내를 살해함으로 어찌 됐든 제기된 '드라마적 문제'를 해결한다. 그녀에게 중요한 건 아들의 결백이 아니라, 아들이 절대 살인범이 돼서는 안 된다는 비뚤어진 자식사랑이다.

〈복수는 나의 것〉에서 류는 누나의 수술비 마련을 위해 내키지 않는 유괴를 저지른다. 처음엔 그가 생각하는 대로 '좋은 유괴'로 끝나는 듯 보인다. 하지만 불행히도 동진의 딸 유선이 물에 빠져 죽게 된다.

우여곡절 끝에 류는 유선이 빠져 죽은 냇가에서 동진에게 살해당한다.

류는 결국 유괴를 통해 누나를 살리려 했던 목표를 이루는 데 처절하게 실패한다. 그리고 죽음으로 그 대가를 치른다.

〈밀양〉에서 신애는 유괴된 아들을 살리려고 최선을 다한다. 하지만 그녀 역시 실패한다.

이제 그녀는 다른 목표를 세운다. 신에 의지해 아들 잃은 슬픔을 이겨내려 하지만 이도 실패로 끝난다. 이어서 신에게 선포한 전쟁에서도 패배하고, 마지막으로 손목을 그어 죽으려 하나 이마저도 뜻을 이루지 못한다. 실패로 일관하는 그녀의 몸부림을 보며 관객은 애잔한 연민을 느낀다.

4) 주인공의 목표, 그리고 이율배반적인 내적 세계

'이야기를 규정하는 사건'은 주인공에게 어떤 명확한 목표를 부여한다. 이제 그 목표를 이루기 위해 주인공은 앞으로 달려나간다. 그런데 얼마 지나지 않아 커다란 장애물이 떡하니 그를 가로막는다. 적이 나타나 그가 목표를 이루지 못하게 방해하기도 한다.

일차적으로 목표가 정해졌으면, 작가는 왜 주인공이 그 목표를 갖게 됐는지 깊이 고민해야 한다. 왜냐면 이 이유가 향후 그가 취하는 행동의 동기부여로 작용하기 때문이다.

〈밀양〉에서 신애는 준이 유괴된 후 경찰에 신고하는 대신 돈을 마련하기로 결심한다. 그것이 아들을 살리는 데 가장 올바른 방법이라고 믿기 때문이다.

〈복수는 나의 것〉에서 류는 영미의 조언에 따라 유괴를 결심한다. 도덕적으로 올바르고자 하는 그가 이런 선택을 할 수밖에 없는 건 무조건 누나를 살려야 하기 때문이다. 물론 방법은 돈을 마련하는 것뿐이다.

〈마더〉의 엄마는 아들의 결백을 입증해야 한다. 그래서 그녀는 경찰과 변호사, 심지어 아들의 친구 진태에게 수모를 당하면서도 모든 걸 감내한다.

이렇게 '이야기를 규정하는 사건'과 주인공의 명확한 목표가 자리를 잡으면, 아마추어 작가들은 "자, 전반부를 훌륭하게 세팅했으니 이제 신나게 얘기를 전개해 나가보자!"라며 바로 중반부로 넘어가려 한다.

그런데 이 부분에서 점검해야 할 중요한 게 하나 또 있다. 그건 바로 주인공의 목표 외에 내적으로 자리 잡고 있는 결핍이나 욕망 등에 대한 연구다. 왜냐하면 주인공의 내면세계가 영화가 진행되면서 계속해서 플롯에 엄청난 영향을 주기 때문이다.

인간 대부분은 목표를 지닌 채 살아간다. 사람이 목표를 잃는다면 분명 삶의 의지를 상실하게 될 것이다.

이처럼 인간의 목표는 삶의 원동력이다. 당연히 주인공도 명확한 목표가 있어야 하고, 영화 속에서 명확히 드러나야 한다.

그런데 인간 대부분의 마음속에는 이율배반적 정서나 태도가 똬리를 틀고 있는 경우가 허다하다. 그런데도 인간은 무의식적 결핍이나 욕망, 콤플렉스 등에 대해 잘 느끼지 못하는 경우가 많다.

결혼한 남자 다수가 아내를 사랑한다고 한다. 이 경우 아내와 행복한 삶을 영위하는 게 그의 목표일 것이다. 그런데 놀랍게도 상당수 남자가 매혹적인 여자가 나타나 치맛자락만 휘날려도 너무도 허망하게 무너져버린다.

만약 당신이 남자인데, 이 경우에 포함되지 않는다면 당신은 대단한 위인이거나, 위선자다. 영화 주인공으로선 정말 재미없는 사람일 가능성이 매우 높다.

〈위험한 정사〉(애드리안 라인 감독, 1987)의 주인공 댄 갤리거는 성공한 변호사로 아내 베스를 매우 사랑한다. 그런데 베스가 출타한 날, 파티에서 만난 매력적인 여성 알렉스 포리스트와 화끈한 정사를 나눈다. 우연히 이뤄진 댄의 하룻밤 외도는 그의 가정을 지옥으로 빠뜨린다.

자 그럼 여기서 댄을 점검해보자!

그의 원래 목표는 사랑하는 아내와 행복한 삶을 영위하는 것이다. 아니, 알렉스와 하룻밤 부정한 관계를 맺었어도 그의 목표는 변하지 않는다.

그런데 왜 그는 자신의 목표를 배반하는 행동을 했을까?

답은 매우 간단하다. 무의식적 욕망이 그를 무너뜨렸기 때문이다. 아내를 사랑하지만 매력적 여인의 육체를 탐하는 마음이 그의 마음속에 항상 도사리고 있었던 것이다.

이처럼 인간은 모순덩어리이고, 위선덩어리다.

명문대에 가겠다는 학생이 공부를 등한시한다.

자본주의의 탐욕을 증오한다 말하나, 속으로 벤츠자동차를

타고 싶은 마음을 어떻게 설명할 수 있을까?

훌륭한 작가라면 이런 인간의 한계를 인정하고, 이를 자신의 창작에 무기로 활용해야 한다. 인간의 위선과 모순을 간과하는 작가는 훌륭한 작품을 쓸 수 없다.

만약 댄이 알렉스의 유혹을 뿌리치고 귀가해 아내와 사랑을 나누었다면, 그는 훌륭한 남편으로 남을지는 모르나 영화는 무지하게 재미없었을 것이다. 아니, 솔직히 영화화 할 만한 얘깃거리도 되지 못했을 것이다.

영화를 흥미롭게 만들기 위해 작가는 무조건 인물의 무의식적 내면을 파고들어야 한다. 주인공을 움직이게 만드는 진짜 자극이 그의 이율배반적 욕망이나 결핍에서 비롯되는 경우가 허다하기 때문이다.

〈밀양〉의 신애는 전반부에 자신을 전도하려는 약사에게 절대 신을 믿지 않는다고 큰소리쳐놓고는, 정작 아들이 죽자 기독교 신앙에 의지해 슬픔을 이겨내려 한다.

아들을 죽인 도섭한테서 신께 자신의 죄를 용서받았다는 얘기를 들었을 때 신애는 그에게 화를 내지 않고, 엉뚱하게 신을 향해 분노한다. 참용서가 이뤄졌는지 도섭의 말만 들었지 신에게 확인한 것도 아니다. 그래놓고 그녀는 마치 신을 무너뜨리기라도 하려는 듯 자신과 어울리지도 않는 무리한 투쟁을 전개한다.

절내 이실 수 없는 그 전쟁 끝에 그녀는 자신의 손목을 그어버린다. 그러고는 거리에 나가 나약하게 살려달라고 울먹인다.

이처럼 한없이 유약한 그녀는 영화 내내 필요 이상으로 주변인들 앞에서 강한 척한다. 아들을 잃은 후에도 그 아픔을 다 극복한 것처럼 위장한다.

그렇다고 그녀가 거짓말을 하는 건 절대 아니다. 그녀도 당연히 그렇게 믿고 있다. 그런데 실상 그녀가 깨우치지 못하는 내면의 자아는 여전히 아들을 잃은 슬픔 가운데 허우적대고 있었던 것이다.

〈복수는 나의 것〉의 류는 누나 수술비 마련을 위해 어쩔 수 없이 유괴를 저지른다. 이 세상에 '좋은 유괴'와 '나쁜 유괴'가 있다는 영미의 궤변을 무시해놓고는 막상 막다른 길로 내몰리자 자신의 주장과 정 반대되는 선택을 한다. 두 경우 다 주인공의 모습은 매우 이율배반적이다.

물론 주인공이 내면의 욕망이나 결핍을 초장부터 드러내는 건 매우 드물다. 영화가 꽤 진행된 후 '짜잔'하며 외적 목표와 상반되는 그의 참모습이 드러나는 경우가 대부분이다.

〈마더〉 전반부가 끝날 즈음 엄마의 목표가 정해진다. 물론 그건 당연히 아들의 결백을 밝히는 것이다.

그런데 정작 아들이 살인자였다는 사실이 밝혀졌을 때 그녀는 어찌해야 할까?

당연히 그녀의 목표 달성을 향한 동력은 멈춰야 된다. 그런데 그녀는 이 지점에서 급작스럽게 목표수정을 한다. 그리고 수정된 목표에 따라 아들의 살인현장을 목격한 애꿎은 사람을 죽인다.

결국 그녀는 아들의 무죄입증을 목표로 내세웠지만, 정작 그의 유죄여부에는 전혀 관심이 없다. 물론 그녀가 의식적으로 이 사실을 인지하는 건 아니지만 말이다.

그녀의 욕망은 그 누구도 아들을 해하지 못하게 하는 것이다. 일그러진 모심이요, 용서받을 수 없는 부도덕이다.

애초 그녀의 목표는 어느 정도 정의로운 포장을 하고 있었으나 사실이 드러난 후 수정되는 그녀의 목표는 어둡고 추악한 그녀의 정신세계를 적나라하게 드러낸다. 섬뜩하다. 그런데 이런 그녀의 내면세계가 이 영화를 매력적으로 보이게 하는 요소임은 부정할 수 없는 사실이다.

주인공의 내적 욕망과 결핍을 가장 잘 보여주는 영화로 〈색, 계〉(이안 감독, 2007)를 들 수 있다.

여주인공 왕치아즈(탕 웨이 분)는 애국조직의 명에 따라 이(양조위 분)를 암살하려 한다. 목표도, 이유도 명확하다. 이가 친일매국노이기 때문이다.

만약 시나리오가 그녀의 목표와 이유만을 바탕으로 쓰였다면, 분명 영화는 별 재미가 없었을 듯하다. 이 영화를 흥미롭게 끌고 가는 진짜 힘은 바로 왕치아즈의 목표와 이율배반적 내면세계의 충돌이다.

그녀는 이에게 접근, 몇 차례 정사를 나누며 어이없게도 그에게 빠져버린다. 그의 치명적 매력은 결국 그녀의 목표를 흔들리게 만든다. 그녀는 자신에게 주어진 사명을 그르칠까 걱정돼 조직원들에게 거사를 서두르자고 부탁까지 한다.

하지만 그녀의 동지들은 이 사실을 간과한다. 그녀 속에서 타오르는 이를 향한 욕망에 대해 무지했기 때문이다.

그녀는 조국을 배신할 것인가? 아닐까?

관객은 그녀의 목표가 이길지, 아니면 내적 욕망이 이길지 손에 땀을 쥐며 영화 속으로 빠져든다. 이런 관객의 몰입 덕에 둘의 섹스는 상상을 초월할 서스펜스를 자아낸다.

그러다가 결국 클라이맥스에서 왕치아즈의 내적 욕망이 그녀의 목표를 뭉개버린다. 그녀는 보석가게에서 이에게 도망치라고 속삭인다.

조국을 배신한 그녀는 얼마 지나지 않아 조직원들과 함께 자신이 살려낸 이의 손에 비참한 죽음을 맞는다. 대단한 아이러니다.

자, 그럼 영화 속 왕치아즈를 입체적으로 점검해보자!

그녀의 목표 - 이를 암살하는 것.

이유 - 용서할 수 없는 매국노니까!

이율배반적 내면 - 이를 향한 욕망.

〈색, 계〉처럼 영화로 펼쳐보면, 주인공의 내면 정서를 묘사하는 게 별로 어려워 보이지 않을 수 있다. 그런데 정작 시나리오 단계에서 주인공의 목표나 그 목표에 대한 이유보다 내적 욕망이나 결핍을 묘사해내는 게 훨씬 더 어렵다.

솔직히 주인공의 내면세계를 구축하는 데 왕도는 없다. 그저 해답을 얻을 때까지 묵묵히 캐릭터의 심연을 휘젓는 수밖에 없다. 어찌 됐든 주인공 내면의 참모습을 찾아내면 스토리의 강렬함이 커지고, 대립하는 인물과의 갈등도 매우 흥미로워진다.

수도 없이 고치고, 또 고쳐 써야 흥미로운 주인공의 내면세계가 윤곽을 드러낸다. 머리를 싸매고 계속 태클하다 보면, 분명 내적 결핍이나 욕망을 찾을 수 있다. 그리고 그 노력의 산물은 영광스런 성취감일 것이다.

영화 전반부의 기능

1. 주인공 소개

주인공과 관객의 첫 만남은 매우 중요하다. 그렇기에 작가는 무슨 수를 써서라도 관객이 자신이 내세우는 주인공에 대해 처음부터 흥미를 갖게 만들어야 한다.

2. 영화 관람을 위한 최소한의 정보 제공

작가는 영화 시작과 함께 관객이 보게 될 영화가 무엇인지, 최소한의 정보를 줘야 한다. 이야기의 배경과 시간(혹은 시대)은 무엇인지, 어떤 방향으로 흘러갈지 등에 대해 어느 정도 안내해줘야 한다는 뜻이다.

그렇다고 주인공과 관련된 모든 정보를 다 까발리는 과잉친절은 필요 없다. 영화가 진행되는 과정 가운데 자연스럽게 드러나야 할 정보가 시작부터 모두 제공되면 관객은 곧바로 흥미를 잃어버리게 될 것이기 때문이다.

3. 이야기를 규정하는 사건 만들기

작가는 전반부가 끝나기 전에 주인공에게 운명적으로 커다란 영향을 끼치는 사건이 일어나게 만들어야 한다. 자신의 운명을 바꿔놓을 만한 이 사건으로 인해 주인공은 어떤 특별한 목표를 갖게 되고, 이를 달성하기 위해 최선을 다하게 된다.

작가는 이 사건을 활용, 특별한 '드라마적 문제 제기'를 해야 한다. 이는 주인공에겐 꼭 해결해야 하는 문제이고, 관객에겐 가장 중점을 두고 봐나가야 할 문제다.

4. 주인공의 목표와 상반되는 내적 욕망이나 결핍 찾아내기

주인공의 무의식적 욕망이나 결핍의 창조는 깊이 있는 플롯을 만드는 데 큰 도움이 된다.

영화 중반부

더 강렬하게, 더 흥미롭게 – 서스펜스를 유발하라!

어느 작가든 영화 중반부를 쓰는 게 가장 어렵다. 일단 가장 길다. 장편영화 대부분 중반부가 1시간 이상이다. 쓰다가 집중력을 잃거나 '절필감'(writer's block)에 빠져 헤매기 쉽다.

의욕 충만으로 시작했지만 계속 새로운 사건을 만들어내고, 또 주인공이 그것에 어떻게 반응할지를 고민하며 이야기를 발전시켜 나간다는 게 쉽지 않다.

어찌 됐든 한 번 시작한 이상 스토리는 계속 앞을 향해 나아가야 하고, 무엇이든 첨가되는 사항은 이미 구축된 틀을 벗어날 수 없으며, 어떻게든 드라마적으로 의미를 갖춰야 한다. 그냥 내키는 대로 아무 내용이나 쓸 수 없다는 말이다.

시나리오의 성패는 여기서 결정된다. 만약 중반부가 관객의 마음을 움직이지 못하고 이야기가 생뚱맞게 전개되거나, 무언가를 막 뛰어넘거나 하면 영화는 종착지에 도달하기 전에 고꾸

라져버릴 것이다.

중반부 시작 즈음부터 관객은 본격적으로 주인공을 포함한 주요 인물들이 자신 앞에 놓인 문제를 어떻게 헤쳐 나가는가를 집중해 지켜본다. 그러면서 그들은 즐거워하길 원하고, 때론 나자빠질 정도로 놀라길 원한다.

그런데 만약 중반부의 전개가 앞서 드라마적으로 제기된 문제와 따로 놀거나 너무 어수선하면 관객은 곧 흥미를 잃고 딴 생각에 빠지게 될 것이다.

"이 재미없는 영화, 언제 끝나지?"

"오늘 저녁은 뭘 먹을까?"

"지금 남편은 뭘 하고 있을까?"

관객이 이런 생각을 하는 순간 이미 영화의 운명은 패망으로 결론이 난 것이다.

관객은 전혀 인내심이 없다. 자신이 지불한 티켓 값보다 가치가 떨어지는 영화를 볼 때 그들의 분노 게이지는 한없이 상승한다.

그렇다면 이처럼 까다로운 관객의 관심을 어떻게 계속 영화에 묶어둘 수 있을까?

뛰어난 작가는 영화 중반부 다양한 영화적 도구들을 능수능란하게 활용, 관객이 절대 한눈팔지 못하도록 만든다. 그들은 어떤 수를 써서라도 무조건 영화에 서스펜스를 불어넣는다.

서스펜스는 관객으로 하여금 사건의 결과가 어떻게 될까 숨죽이며 기대케 만드는 가장 강력한 도구다. 그들은 특별한 기대감을 갖고 주인공이 자신 앞에 놓인 상황에 어떻게 대처하며, 장애물이나 방해공작에 어떻게 맞서나가는지를 지켜본다.

그러기 위해 작가는 계속 관객들로 하여금 다음과 같은 고민을 하도록 유도해야 한다.

"내 주인공에게 어떤 일이 벌어질까?"

"이제 그의 운명은 어떻게 되는 걸까?"

이런 궁금증이 서스펜스를 유발한다. 관객은 너무도 궁금했던 사실에 관해 놀랄 만한 방식으로 해답을 얻는 순간 경탄해 마지않는다.

가끔 관객이 알고 있는 중요한 정보를 주인공이 알지 못한 채 헤맬 때 관객은 안타까움에 발을 동동 구른다.

예를 들어 한 남자 주인공이 지고지순하게 사랑하는 여자가 있다고 치자!

그런데 관객은 그녀가 주인공의 친구와 놀아나는 바람둥이임을 안다. 관객은 언제 주인공이 그 사실을 알게 될까, 알게 되면 어떻게 반응할까 등을 계속 생각하며 스크린에서 눈을 떼지 않는다. 이처럼 관객이 아는 사실을 주인공이 모르는 것만으로도 충분히 서스펜스를 불러일으킬 수 있다.

과거 사대부집 며느리가 불씨를 꺼트리면 큰일 난다는 얘길 다 알 것이다. 물론 이건 당연히 절대 용납될 수 없는 악습이다.

그런데 영화에서 서스펜스의 불씨를 꺼뜨리는 건 죄악이다. 서스펜스의 불씨는 무조건 계속 불타올라야만 한다.

그러기 위해 작가는 다음과 같은 도구들을 활용, 계속해서 관객을 서스펜스의 감옥에서 탈출치 못하도록 잡아두어야 한다.

"다른 캐릭터를 활용하라!"

1) 안타고니스트

전반부가 마무리되면 주인공의 목표가 명확해지고, 그는 당연히 그 목표를 이루기 위해 부지런히 움직인다. 이럴 경우 필연코 어떤 장애물이 그를 막아선다. 이런 장애물 중 으뜸이 바로 '안타고니스트'(antagonist)다.

안타고니스트의 주된 역할은 주인공과 대립하거나 갈등을 빚는 일이다. 안타고니스트는 하나일 수도, 아니면 여럿일 수도 있다. 어쨌든 그는, 또는 그들은 무슨 연유이든지 주인공의 목표 달성에 방해꾼으로서의 역할을 감당해야 한다.

안타고니스트가 강하면 강할수록 영화의 긴장과 서스펜스도 따라서 강해진다. 난공불락으로 보이는 안타고니스트와 운명적으로 맞서는 주인공의 처지는 비장감을 자아낸다.

물론 주인공의 내면적, 정신적 고통이 안타고니스트 대체물로 작용할 수도 있다. 주인공이 참전 후 '외상 후 스트레스 증후군'으로, 또는 '신 내림'으로 고통당할 수 있다.

때론 엄청난 자연의 힘이나 재앙이 주인공을 파멸의 위험으로 몰고 가기도 한다.

폭풍우 속, 뗏목 하나에 의지한 채 거대한 파도에 맞서며 오로지 살기 위해 몸부림치는 주인공을 상상해 보라!

아니면 산사태로 눈 속에 고립된 주인공을 떠올려 보라!

이럴 경우엔 주인공이 맞서는 자연환경이 안타고니스트의 역할을 대신한다.

이처럼 주인공이 내적 고통이나 자연의 악조건에 맞서는 방식으로 스토리가 전개될 수 있다. 하지만 강력한 반대편 인물이 존재할 때 스토리가 명확해지고, 강렬해진다. 왜냐하면 안타고니스트가 존재하는 가장 큰 이유가 바로 주인공과 맞서기 위해서이기 때문이다.

상업영화에선 안타고니스트가 악당인 경우가 많다. 그러나 꼭 그래야만 하는 공식이 따로 있는 건 아니다. 안타고니스트가 주인공의 목표달성에 있어 커다란 장애물로 작용한다면 그걸로 충분하다.

〈복수는 나의 것〉의 가장 큰 매력은 주요 인물인 류와 동진 모누 원래 꽤 착하다는 소리를 들을만한 사람이란 점이다. 그런 두 사람이 영화 중반부부터 치열하게 서로를 죽이고자 달려든다.

관객은 어느 한쪽에 치우칠 수 없이 안타까운 마음으로 복수심에 불타는 그들의 싸움을 지켜본다. 그런 의미에서 류와 동진은 둘 다 주인공임과 동시에 서로에게 훌륭한 안타고니스트 역할을 하는 셈이다.

그렇다면 〈밀양〉에서 주인공 신애가 맞서는 안타고니스트는 누구일까? 아들 준을 유괴, 살해한 웅변학원장 도섭일까?

물론 준이 살아 있을 동안 잠깐 도섭이 그 역할을 한다 할 수도 있다. 하지만 준이 죽음으로 영원히 신애 앞에 돌아올 수 없는 게 결정되는 순간 도섭은 바로 안타고니스트로서의 자격을 상실한다. 준의 죽음을 몰고 온 그이지만, 감옥에 갇히게 되면서 드라마적으로 더 이상 그녀에게 위협이 되지 않기 때문이다.

그럼 진정한 〈밀양〉의 안타고니스트는 누구인가?

놀랍게도 신(神)이다. 중반부 이후 계속해서 신애를 고통으로 밀어 넣는 존재는 신애가 처음에 안 믿는다고 했다가, 나중에 믿게 됐다고 선언하는 하나님이다.

물론 신이 직접 신애를 막아서는 건 아니다. 무정한 신이 자신을 괴롭힌다고 그녀 스스로 상상하는 것이다.

신애는 준을 잃고 나서 신의 품에 귀의한다. 그리고 자신의 신앙이 아들을 죽인 원수를 용서할 수 있는 수준까지 올라왔다고 착각한다.

교도소 면회소에서 만난 도섭에게 신애는 하나님의 사랑으로 그를 용서하겠다고 선언한다. 그런데 도섭은 이미 하나님이 자신을 용서했다고 지껄여댄다.

신애는 분노한다. 자신보다 먼저 도섭을 용서한 신을 용서할 수 없다. 그녀는 원수를 용서할 자신의 카드를 박탈한 신에게 전쟁을 선포한다.

영화를 본 사람 중 누군가는 이렇게 주장할 수 있다. 아무리 생각해도 '신에게 용서 받았다'는 말로 신애의 오장육부를 뒤

집어놓은 도섭이 안타고니스트라고.

결코 아니다. 둘은 이 만남을 계기로 다시 부딪치지 않는다. 이후 그녀가 맞서는 대상은 신이지, 도섭이 아니다.

흥미로운 건 왜 신애가 신에게 화를 내냐는 것이다. 도섭을 자신보다 먼저 용서한 게 사실인지 신에게 전화라도 걸어 확인한 것도 아니다. 그리고 누군가를 진심으로 용서하기로 결심했다면, 다른 누가 먼저 용서를 했냐는 건 별 의미가 없는 일이다. 이런 신애를 보며 인간이 참으로 그 내면을 알 수 없는 모순덩어리임을 깨닫는다.

〈마더〉에서는 아들의 결백을 입증해야 할 엄마의 난감한 환경이 안타고니스트 역할을 한다. 그녀가 잠시 범인으로 생각했던 진태나, 아들의 범죄를 목격한 고물상 사내가 잠시 엄마의 길을 막아서긴 하지만 내내 지속적으로 안타고니스트로서의 역할을 하는 건 아니다.

이 영화의 매력은 따로 확실한 안타고니스트를 두지 않은 채 엄마에게 시시때때로 다가오는 나쁜 환경적 요인들만으로 뛰어난 서스펜스를 뿜어낸다는 점이다. 확실한 안타고니스트 설정 없이도 꾸준히 클라이맥스까지 긴장 만점의 내러티브를 구축한 부분은 박수 받아 마땅하다.

훌륭한 안타고니스트 캐릭터는 관객으로부터 주인공만큼의 관심을 받는다. 그러므로 작가는 주인공과 마찬가지로 안타고니스트의 목표와 내적 욕망이나 결핍, 그리고 그 이유에 대해 깊이 연구해야 한다. 관객은 주인공과 맞서는 안타고니스트가 단면적 캐릭터에 그치는 걸 좋아하지 않는다. 플롯 생성을 위한 도구로만 쓰이는 안타고니스트는 영화 속에서 별 효과를 발휘하지 못한다.

2) 주인공의 동지

동지는 꼭 베스트프렌드가 아니어도 괜찮다. 누구여도 상관없으나 주로 주인공의 가까운 벗이거나 가족, 연인, 선후배, 사제지간 중 하나일 가능성이 높다. 어쨌든 이 인물 앞에서 주인공은 결코 다른 데서 드러내지 않을 자신의 가감 없는 모습을 보여준다.

바늘 하나 안 들어갈 듯 강직한 주인공이 이 인물 앞에서는 눈물을 흘린다. 어디 가서 절대 말하지 않을 진실을 말하기도 한다.

왜냐? 믿기 때문이다. 동지는 주인공으로 하여금 자신의 약점과 두려움 등을 스스럼없이 드러내게 하는 힘을 갖고 있다.

만약 이토록 믿었던 동지가 실상 적이거나, 나중에 적으로 변하게 되면 어떨까?

주인공은 괴로워하겠으나 플롯을 만들어내는 도구로는 꽤 매력적인 설정이다.

〈밀양〉의 종찬은 신애에게 언제나 힘이 돼준다. 그녀가 구박을 해도 그의 태도엔 변함이 없다. 아마도 영화 역사상 최고 '주인공의 동지' 캐릭터 중 하나일 것이다.

〈복수는 나의 것〉에서 류는 연인 영미로부터 커다란 위안을 얻는다. 사실 그녀 때문에 인생을 망치게 되는데도 말이다.

장기밀매 가족 세 명을 야구방망이로 때려죽이고 그들의 콩팥을 씹어 먹을 정도로 무시무시한 류이지만, 그녀가 자신을 때릴 때 아무 저항도 하지 않은 채 그냥 얻어맞는다. 그리고 그토록 의지했던 영미가 죽었을 때 그는 삶에 관한 모든 애착을 잃어버린다.

3) 사건 유발자

주인공의 운명을 바꿔놓는 원인 제공자다. 그로 인해 발생한 문제 때문에 주인공은 어떤 힘겨운 마찰과 대립의 상황으로 내몰리게 된다. 결국 주인공은 이 문제를 해결하기 위해 애쓰기 시작하고, 이후 그가 취하는 모든 선택은 플롯 생성의 도구가 된다.

〈밀양〉에서 도섭은 신애의 아들 준을 유괴해 살해한다. 이 사건으로 신애는 헤어날 수 없는 불행의 소용돌이에 휘말리게 된다.

〈복수는 나의 것〉에서 영미는 '주인공의 동지'요, 동시에 '사건 유발자'다. 그녀가 유괴를 제안하지 않았다면 류의 누나도, 유선도 죽지 않았다. 더 나아가 류와 동진의 운명도 불행으로 마감하지 않았을 것이다.

〈마더〉의 도준도 마찬가지다. 그는 엄마가 살아가는 유일한 이유다. 하지만 그가 여학생 아정을 살해하는 바람에 엄마는 아들을 살리기 위한 전투에 나설 수밖에 없게 된다.

운명과 맞서 싸우는 주인공

1) 주인공이 처한 나쁜 상황

영화 중반부가 문을 열기도 전에 주인공은 대체적으로 이미 커다란 난관에 봉착해 있다. 그리고 그 상황은 주인공 개인이나 그가 속한 공동체를 위협하기도 한다.

그 위협은 정신적일 수도, 육체적일 수도 있다. 이로 인해 주인공은 타인의 사랑이나 존경심을 잃을 수도 있다. 육신이 망가지거나 파산할 수도 있다.

이처럼 주인공이 처한 나쁜 상황은 자동으로 서스펜스를 창출해낸다. 만약 그가 이런 상황을 초반에 해결치 못한 채 헤맨다면 곤란함은 심화되고, 따라서 서스펜스의 부피도 증가한다.

〈마더〉의 엄마는 아들이 살인범으로 몰리는 최악의 상황에 놓였다. 도준은 이미 진범이라 자백하는 조서에 도장을 찍었고, 현장검증까지 일사천리로 진행된다.

그렇다면 과연 그녀는 어떻게 아들의 무죄를 입증한단 말인가?

이 악조건 가운데 엄마가 아들의 무죄를 밝히는 건 불가능해 보인다. 이 난관이 그녀에겐 매우 나쁘지만, 영화 플롯으로 볼 때는 좋은 상황이다.

〈복수는 나의 것〉의 류는 수술 후 고통 가운데 깨어난다. 그리고 장기밀매조직에게 전 재산 1천만 원과 콩팥을 도난당했다는 사실을 깨닫는다.

최악이다. 그는 이미 직장도 잃었다. 누나를 위해 신장이식 수술을 해줄 길이 보이지 않는다.

근데 야속하게도 류는 며칠 후 병원에서 누나의 몸에 맞는 콩팥을 확보했다는 연락을 받는다. 수술을 서둘러보겠다고 밀매조직을 찾아가지 않았더라면 충분히 1천만 원으로 누나가 수술을 받을 수 있었다.

〈밀양〉의 신애는 유괴범의 협박전화를 받고 놈이 시키는 대로 돈을 준비해 약속장소에 갖다 놓는다. 그래도 유괴범은 아들 준을 돌려주지 않은 채 다시 연락하겠다고 하고는 전화를 끊는다.

자 이제 뭘 어떻게 해야 하나?

이제라도 경찰에 알려야 하나?

아니면 속수무책으로 기다려야 하나?

이 상황에서 그녀가 선택할 수 있는 카드는 별로 많지 않아 보인다.

하지만 아무리 뾰족한 수가 없어도 이런 처지에 놓인 주인공은 가만히 앉아있으면 안 된다. 뭐라도 해야 한다. 문제 앞에서 가만히 있는 건 주인공의 역할을 기만하는 것이다.

이제 주인공은 어떤 계획을 세우고 문제를 풀어나가려 애써야만 한다. 그가 세우는 계획은 치밀하게 의도적일 수도, 아니면 본능적일 수도 있다.

류는 연인인 영미의 조언에 따라 유괴를 계획한다.

신애는 유괴범에게 줄 돈을 찾아 약속한 장소에 갖다 놓는다.

엄마는 유치장으로 아들을 찾아가 왜 조서에 서명했느냐고 추궁한다.

류와 신애의 대응은 나름 치밀한 계획의 산물이고, 엄마가 유치장에서 아들에게 하는 말은 다분히 본능적인 대응이다.

2) 새롭게 발생하는 또 다른 문제

이미 악조건 하에 싸우는 주인공을 좌절케 하는 또 다른 문제, 또는 문제들로 인해 상황은 더욱더 꼬이게 된다. 중첩되는 이런 문제는 관객이 전혀 기대치 못했을 때 발생하는 게 효과적으로, 주로 실수나 오해 등으로 비롯된다. 당연히 새롭게 부각되는 문제도 서스펜스의 강도를 높이는 데 큰 역할을 한다.

〈복수는 나의 것〉은 새롭게 발생하는 문제들을 매우 효과적으로 내러티브에 적용한 훌륭한 케이스다.

장기밀매조직에 속아 누나의 신장이식 수술대금을 날린 류는 병원으로부터 신장기증자를 찾았다는 전화를 받는다. 이제 류는 무조건 돈을 마련해야 한다. 어쩔 수 없이 그는 영미의 뜻을 따라 동진의 딸 유선을 납치한다.

그런데 이 사실을 알게 된 류의 누나는 유선과 돈을 돌려주라는 유서를 남기고 자살한다. 류가 자신의 도덕관마저 버린 채 감행했던 유괴가 결과적으로 아무 의미가 없게 돼버린 것이다.

그런데 불행은 여기서 그치지 않는다. 류는 누나의 시신을 싣고 고향 냇가로 장사 지내러 간다. 누나를 돌무덤에 묻는 사이 사고로 유선이 물에 빠지는데, 청각장애인인 류는 그녀가 살려달라는 소리를 듣지 못한다.

결국 유선은 익사하고, 그녀의 죽음은 결과적으로 류 뿐만 아니라 영미와 동진의 삶마저도 완전히 무너뜨리는 비극을 낳고 만다.

〈마더〉에서 엄마는 처음에 아들 도준이 살인범이 아니라고 확신한다. 모든 정황과 물증이 그를 범인으로 지목하는데도 말이다.

아들에 대한 맹신은 엄마로 하여금 친구 진태를 의심하게 만든다. 그런데 그녀는 진태의 유죄를 입증하지 못하고, 결과적으로 그에게 모욕을 당하고 돈마저 빼앗긴다.

〈밀양〉의 신애는 뜻밖에도 준의 장례식에서 전 시어머니로부터 '눈물도 없는 무정한 인간'이라고 면박을 당한다. 손자보다 아들을 잃은 고통의 무게가 훨씬 큰데도 그녀는 며느리의 아픔은 헤아리지 못한 채 자기 울분만 드러낸다. 허망한 아이러니다. 인간 대부분 수준이 이 정도다.

3) 중간점(midpoint)

앞서 거론한 것처럼 중반부가 영화에서 가장 많은 시간을 차지한다. 그래서 작가는 플롯을 다 짜고 나서 중간점을 설정, 전과 후로 나눠 재진단해 봐야 한다. 마라토너가 새로운 마음가짐으로 반환점을 돌 듯 말이다. 물론 이 중간점이 정확히 전체 러닝타임의 한가운데 있어야 하는 건 아니다.

주인공의 목표가 변하든, 아니면 전개되던 이야기의 흐름이 완전히 새롭게 방향을 전환하든, 어찌 됐든 영화는 중간점에서 획기적 변화를 이뤄내야 한다.

〈복수는 나의 것〉의 중간점은 죽은 유선을 내려다보는 류의 얼굴에서 시간 경과가 이뤄진 후, 동진이 똑같이 유선의 시신을 내려다보는데서 이뤄진다. 드라마적으로 이 지점이 중요한 가장 큰 이유는 공격과 수비의 위치가 바뀌는 순간이기 때문이다.

딸을 살리기 위해 돈까지 내줬는데 결국 시신으로 발견됐다면 아버지 동진의 심정은 따로 설명이 필요 없는 것이다. 이제 동진의 목표는 자동으로 딸을 살리는 것으로부터 그녀의 죽음에 대한 처절한 복수로 바뀐다. 반대로 류는 향후 다가올 동진의 공세를 막아내는데 모든 에너지를 집중해야 할 것이다.

〈마더〉에서 엄마는 아무도 믿지 말라는 진태의 조언에 따라 자신이 직접 범인을 잡겠다고 나선다. 이전까지 비굴할 정도로 변호사와 형사들에게 의존했던 그녀는 이 시점을 계기로 변호사를 해고하고 스스로 단서를 찾기 위해 죽은 아정의 휴대폰 확보에 나선다.

〈밀양〉의 중간점은 기도회에서 신애가 오열하며 목사의 안수기도를 받는 장면이다. 물론 이 씬이 신애의 회심을 정확히 보여주진 않으나 그 다음 상황에서 관객은 그녀가 신을 받아들였음을 알게 된다. 신이 없다며, 절대 믿지 않겠다던 그녀의 세계관에 대변혁이 일어나는 순간, 그녀는 잠시 마음의 평화를 얻은 것처럼 보인다.

이처럼 영화 중간 즈음에 드라마적 문제가 다 해결된 것처럼 보이는 경우가 있다. 그런데 잠시 그럴 뿐이다. 왜냐면 영화는 이 지점부터 또 다시 1시간 정도의 시간이 흘러야 끝나기 때문이다.

신애는 신앙에 귀의함으로 잠시 평안함을 느낀다. 물론 홀로 있는 시간은 견디기 힘들지만, 그래도 성도들과 함께 할 때만큼은 행복한 듯 보인다. 관객은 부디 불행했던 그녀의 삶이 앞으로 평탄하길 기대하며 계속 지켜본다.

이처럼 영화 중간점에서 드라마적 문제가 완전히 해결된 듯 보이는 현상을 '허구적 문제해결'이라고 한다.

영화 〈세븐〉(데이빗 핀처 감독, 1995)은 '허구적 문제해결'의 전형을 제대로 보여주는 작품이다.

영화 중간 즈음 형사 밀스와 소머셋이 그토록 잡고자 했던 범인 존 도가 피범벅이 된 채로 자수한다. 어쨌든 범인이 체

포됐으니 두 형사의 드라마적 목표가 중간점에서 달성된 듯 보인다.

하지만 여기서부터 영화는 완전히 다른 방향으로 전개돼 나간다. 존 도는 자신이 두 명을 더 살해했고, 두 형사를 시신들이 있는 곳으로 안내하겠다고 말한다.

영화는 이 지점에서 새로운 '드라마적 문제'를 제기한다.

과연 존 도가 주장하는 여섯 번째 피살자가 그가 이루려는 '일곱 살인'과 무슨 관련이 있는가?

두 형사가 존 도와 시신들이 있다는 장소에 도착하면 무슨 일이 벌어질 것인가?

관객은 누가 연쇄살인범이며, 왜 흉측한 살인행각을 벌이는지, 언제, 어떤 방식으로 검거될지 등을 궁금해 하며 영화를 보고 있었다. 그러다가 중간점에서 문제해결이 된 줄 알았는데 실상은 더 큰 문제가 대두된 셈이다.

이제 관객은 완전히 다른 목마름을 안은 채 숨가쁘게 진행되는 영화 후반부를 지켜볼 수밖에 없다.

4) 가장 큰 위기, 또는 고비

중간점을 넘어선 영화는 이제 클라이맥스를 향해 폭주기관차처럼 달려 나가야 한다. 그러기 위해선 주인공과 안타고니스트가 맞서는 갈등의 본질이 더 명확해지고, 주인공에게 닥치는 위기감도 증폭돼야 한다.

주인공이 커다란 난관에 부딪칠 때 역시 큰 위기감이 발생한다. 이제 주인공의 투쟁은 심화되고, 관객은 이 예측불허의 상황 속에서 만족스런 스릴을 느낀다.

〈밀양〉의 경우 중간점을 넘어선 후 계속 평온할 것만 같던 신애의 삶은 순식간에 절망으로 바뀐다. 아들을 살해한 도섭을 용서하려 했던 그녀는 이미 신의 용서를 받아 마음의 평화를 얻었다는 놈의 말에 분노한다.

신애는 도섭과의 면회 이후 신과 맞짱을 뜨기로 결심한다. 교회에 가서 장의자를 손으로 내려치며 성도들의 기도를 방해하고, 목사가 기도할 때 김추자의 '거짓말이야!'를 틀어 야외집회를 엉망으로 만든다. 뿐만 아니라 교회장로인 약사를 성적으로 유혹해 넘어뜨리려고까지 한다.

장로가 자신의 몸 위에서 헐떡대는 사이 신애는 하늘을 올려다보며 "보여? 잘 보이냐고?"라며 신에게 묻는다. 장로를 타락시켜 신을 골탕 먹이겠다는 거다.

이런 신애를 보며 그녀가 다시 무신론자가 됐다고 생각하는 관객이 꽤 있다. 단연코 아니다. 그녀가 신을 버렸으면 그냥 다시 신앙과 담을 쌓으면 그만이다.

사실 이 즈음 그녀는 신앙을 잃은 게 아니라 신에게 화를 내고 있다고 보는 게 타당할 듯하다. 왜 남편에 이어 아들마저 빼앗아 갔는지, 왜 주제넘게 자신의 용서를 대신했는지 가슴을 찢듯 고통스럽게 신에게 묻고 있는 것이다.

그런데 이런 안타까운 마음은 비단 신애만 느끼는 게 아니다. 관객 대부분도 한 번씩 그들 삶에 왜 알 수 없는 불행이 닥쳤는지 답을 알고자 울부짖었던 경험을 갖고 있다.

이런 신애의 모습이 참으로 안타깝지만 동시에 부질없다 느껴진다. 이따위 도발에 신이 반응할 리 만무하기 때문이다.

도대체 신을 도발해서 무엇을 얻겠다는 건지, 참으로 답답하다. 그럼에도 불구하고 관객은 안타까운 마음으로 그녀의 전쟁을 지켜본다.

과연 신과 맞서는 그녀의 운명은 어떻게 될까?

물론 신이 꼬리를 내릴 가능성은 아예 없다.

그녀의 선택은 지금까지 자신의 불행을 신의 섭리로 수용하든지, 아니면 신을 저주하고 죽든지, 둘 중 하나다. 클라이맥스에서 벌어지는 사건은 그녀의 최종선택을 확인케 해준다.

〈마더〉에서 엄마는 천신만고 끝에 죽은 아정의 휴대폰을 손에 쥔다. 그리고 생전 아정이 찍어 저장해뒀던, 그녀와 부적절한 관계를 맺었던 사내들 중 하나가 범인이란 결론에 도달한다.

엄마는 면회소에서 도준에게 휴대폰 속 사진들을 보여준다. 그리고 도준은 그중 고물상 사내가 아정이 살해되던 날 현장에 있었다고 증언한다. 그녀는 그가 진범이란 확신을 갖고 고물상을 찾아간다.

〈복수는 나의 것〉의 중간점 이후 류의 삶은 최악으로 치닫는다. 복수의 화신이 된 동진은 최반장을 매수, 필요한 정보를 얻어내며 점차 그를 옥죄어온다.

동진은 유선이 죽은, 류의 고향 냇가에서 뇌성마비 청년을 통해 영미의 차번호를 확인한다. 원래 전기기술자였던 동진은 영미를 찾아가 전기로 고문해 죽인다.

비슷한 시간, 류는 자신의 삶을 망가뜨린 장기밀매 가족 세 사람을 찾아가 야구방망이로 때려죽인다. 그들의 콩팥을 씹어 먹은 후 영미를 찾아간 류는 그녀가 동진에 의해 살해됐음을 알게 된다.

이제 류는 동진의 칼날이 자신을 향하고 있음을 확실히 안다. 자신을 죽이려는 그와 맞서는 것 외에 류에게 다른 선택은 없어 보인다.

주인공은 확고한 목적을 이루려 나아가다가 큰 위기에 빠지거나 고비를 맞는다. 주인공은 이 난관 때문에 자신의 목적을 바로 이루지 못한 채 어려움을 겪는다. 비록 주인공이 시원하게 목적을 이루고 있지 못하더라도, 이런 난관 속에서 목적을 이루려는 주인공의 투지를 보여주는 것만으로도 충분히 관객의 욕구를 충족시킬 수 있다.

관객을 계속 속이고 배반하라!

서프라이즈와 반전

다시 말하지만 작가는 영화 중반부 내내 무슨 수를 써서라도 관객이 흥미를 잃지 않도록 애써야 한다. 물론 그렇다고 아무 방식이나 동원한다고 좋은 플롯이 만들어지는 건 아니다.

훌륭한 권투선수는 무조건 펀치를 휘두르지 않고 미리 상대방의 반응을 예측하는 데 신경을 기울이며 카운터펀치를 준비한다.

시나리오 작업도 마찬가지다. 관객의 관심을 영화에 묶어두기 위해선 그들의 속성을 잘 알아야 한다. 그들이 어떻게 반응할지 미리 생각하며 얘기를 쌓아나가야 한다는 말이다.

관객은 영화를 보는 내내 계속해서 놀라운 일이 발생하길 원한다. 고로 작가는 극적 흥미를 위해 항상 관객을 놀라게 할 '서프라이즈'(surprise) 를 '플롯 창고'에 준비해둬야 한다.

자신들이 생각했던 것과 달리 놀라운 상황이 펼쳐질 때 관객은 마음속으로 다음과 같이 질문한다.

"이게 도대체 어떻게 된 일이지?"

"앞으로 어떻게 되는 거지?"

이렇게 계속 관객을 깜짝깜짝 놀라게 하지 못하면 그들은 어느새 편안히 등받이에 몸을 기댄 채 졸기 시작할 것이다.

관객의 졸음을 막기 위해 서프라이즈는 필수다. 서프라이즈가 없으면 당연히 서스펜스도 생겨나지 않는다.

서프라이즈는 영화의 플롯이 관객, 또는 주인공 등 주요 인물의 기대와 다른 방향으로 전개될 때 발생한다. 믿었던 캐릭터가 이상한 행동을 하거나 도저히 말로 설명할 수 없는 일이 벌어질 때 관객은 경이를 느낀다.

영화가 클라이맥스에 가까이 다가갈수록 서프라이즈는 더욱더 빈번히 활용돼야 한다. 그리고 결정적 순간에 등장하는 서프라이즈는 천지가 개벽하듯 놀라운 것이어야 한다.

서프라이즈는 관객을 놀랍게 할 뿐 아니라 그들의 기존 생각을 무너뜨리고 자꾸 이후 상황을 예측하게 만드는 효과로도 작용한다.

우리 삶에서 놀라운 일을 만나는 건 두려운 일이다. 하지만 영화 속에서 펼쳐지는 놀라운 상황은 관객을 흥분의 도가니로 몰아넣는다. 이 경우 물론 유쾌한 흥분이어야 한다는 단서가 붙는다.

하지만 서프라이즈가 필요하다고 해서 아무렇게나 막 써먹어선 안 된다. 캐릭터가 무슨 행동을 하든, 이야기가 어떻게 흘러가든, 서프라이즈는 플롯의 전후 맥락 틀 안에서 창조돼야 한다. 어느 순간 놀라운 상황이 벌어졌는데, 영화가 끝날 때까지 그 이유가 설명되지 못하면 그건 당연히 쓸모없는 카드가 된다.

누구나 쉽게 예측할 수 있는 걸 서프라이즈랍시고 내미는 건 무조건 지양해야 한다. 우리 모두는 예상한대로만 흘러가는 영화를 보며 짜증을 냈던 경험을 갖고 있다.

전지전능한 주인공도 서프라이즈의 효과적 활용을 방해하는 요소다. 제 아무리 슈퍼히어로라 해도 모든 악당을 파리 잡듯 손쉽게 죽이고, 단 한 차례도 난관에 봉착하지 않는다면 어느 관객이 그 주인공을 보며 서스펜스를 느끼겠는가?

주인공은 무조건 어려운 도전에 직면해야 한다. 그의 목표가 이뤄질 확률이 낮으면 낮을수록 서스펜스의 강도는 커진다.

〈복수는 나의 것〉은 크고 작은 서프라이즈를 매우 잘 활용한 영화다.

사기를 당해 전 재산을 날린 류는 3주 후, 병원으로부터 연락을 받는다. 의사는 "이렇게 빨리 기증자를 찾은 건 기적이야."라며 일주일 내로 수술을 준비하라고 말한다.

기대치 않은 상황에 류는 놀라며 당황한다. 만약 3주 후에 기증자가 나타날 걸 알았다면 당연히 그는 장기밀매조직과 접촉하지 않았을 것이다.

이후 유선을 유괴한 후 동진으로부터 순조롭게 돈까지 받은 류는 누나가 수술 받을 수 있다는 생각에 뛸 듯 기뻐한다. 그런데 누나는 같은 시간 동생이 자신 때문에 유괴를 저지른 걸 알고는 자살한다.

욕조에서 누나의 시신을 발견한 류는 망연자실한다. 이건 전혀 자신이 기대했던 상황이 아니다. 사실 이 정도면 서프라이즈를 넘어 커다란 반전이다.

작은 서프라이즈이지만 동진에게 류가 잡히는 상황도 스릴

만점이다.

동진을 죽이러 그의 집을 찾아갔다가 허탕을 친 류는 자신의 거처로 돌아온다. 뜯겨져나간 창틀 너머 동진이 천연덕스럽게 방안에 잠든 걸 확인한 그는 칼을 치켜들고 문을 열려 한다. 하지만 문고리를 잡는 순간 그는 감전돼 기절한다.

이 상황은 매우 기발하지만, 관객이 받아들이는 데 전혀 무리함이 없다. 동진이 원래 전기기술자란 점을 활용한 안성맞춤의 서프라이즈이기 때문이다.

〈마더〉에서 엄마는 변호사를 만나 술을 마신 후 집에 돌아와 습관적으로 아들 도준의 방에 들어간다. 그런데 놀랍게도 교도소에 있어야 할 도준이 컴퓨터 앞에 앉아 고스톱게임을 하고 있다.

그녀는 '도준아!'라며 이름을 부르는데 정작 친구 진태가 돌아본다. 짧은 순간이지만 잠시 관객은 고개를 갸우뚱한 채로 어찌 된 일인가 숨을 죽인다.

〈밀양〉에서 무신론자였던 신애가 아들의 죽음 이후 신을 받아들이는 것도 사실은 굉장히 놀라운 변화다. 또한 도덕군자처럼 굴던 그녀가 나중에 약사 장로를 성적으로 유혹하는 것도 관객을 당황케 하는 서프라이즈의 일종이다.

영화 중반부 작가는 긴 러닝타임을 채우기 위해 최대한 여러 차례 서프라이즈를 활용해야 하는데 그중 으뜸은 반전이다.

반전은 한쪽으로 달려가던 영화의 방향을 완전히 뒤집는 걸 말한다. 과속으로 달리다 브레이크도 밟지 않은 채 급 유턴하는 것과 흡사하다고 할 수 있다.

〈식스 센스〉(M. 나이트 샤말란 감독, 1999)에서 망자들을 본다는 소년의 정신과의사 말콤이 실제로 죽은 자임이 드러날 때 관객은 거의 까무러칠 듯 놀란다. 〈군함도〉(류승완 감독, 2017)의 윤학철이나 〈설국열차〉(봉준호 감독, 2013)의 길리엄이 각각 일제와 절대 권력자 윌포드의 프락치란 사실이 드러날 때도 비슷한 효과가 나타난다.

반전은 작가가 쓸 수 있는 가장 강력한 카드다.

진행되던 이야기가 180도 다른 방향으로 전개되면, 놀란 관객은 이를 받아들이며 향후 벌어지는 상황까지 따라가느라 어마어마한 정신적 에너지를 소비해야만 한다. 이럴 경우 관객은 딴 생각을 할 여유가 전혀 없다. 오로지 영화에 온 시선을 집중해야만 한다. 따라서 관람만족도는 당연히 수직상승한다.

〈복수는 나의 것〉에서 가장 큰 반전은 유선이 물에 빠져 죽는 사건이다.

만약 류가 처음부터 유선을 살해하려 했다면 그건 반전이라고 할 수 없다. 그런데 류는 단 한 차례도 그런 의도를 가진 적이 없었다. 아니, 오히려 유선을 따뜻하게 대해줬다.

류가 청각장애인이 아니었더라면 당연히 살려달라고 울부짖는 유선의 소리를 듣고 구해냈을 것이다. 장난으로만 치부하기엔 운명은 류에게 너무나 가혹하다.

항상 그렇진 않지만, 많은 경우 가장 큰 반전이 클라이맥스 지점에 자리를 잡는다.

〈마더〉에서 가장 큰 반전은 엄마가 그토록 결백하다 믿었던 아들 도준이 아정을 살해한 범인임을 깨닫는 순간 발생한다. 그 순간 그녀의 목표는 허망해지고, 영혼을 탈곡기에 털린 듯 정서적 공황상태에 빠져버린다.

이처럼 반전의 상황이 주인공에게 커다란 정서적 영향을 끼칠 때 그 효과는 극대화된다. 감정이 반전에 기름을 붓기 때문이다. 반전에 따른 상황의 변화는 주인공의 감정에 불을 지르고, 때론 그로 하여금 완전히 돌변한 모습을 드러내게 만들기도 한다.

〈올드보이〉(박찬욱 감독, 2003)에서 오대수는 육체적 관계를 맺은 미도가 15년 전 이별한 자신의 딸이란 사실을 깨닫고는 반미치광이가 되어버린다. 견딜 수 없는 심적 고통에 이성을 잃은 그는 자신의 혀를 끊어낸다.

관객은 상상을 초월하는 반전의 상황에 딱 벌어진 입을 다물지 못한다. 동시에 오대수가 느끼는 고통에도 공감한다.

우리 인생에서 이런 일이 벌어지면 까무러치겠지만, 영화적으로는 너무나 훌륭한 장치다.

〈고래사냥〉(배창호 감독, 1984)에서 대학생 병태는 창녀 춘자를 사창가에서 빼돌려 그녀의 고향 우도로 함께 향한다. 하지만 그들은 우도 바로 앞에서 포주가 보낸 깡패들에게 잡힌다.

이 클라이맥스의 상황에서 놀라운 일이 벌어진다.

두목에게 두들겨 맞으면서도 자신을 지키려는 병태에 감동한 듯 끌려가던 춘자가 돌아보며 "따라오지 마이소!"라고 말한다. 벙어리라고 알았던 춘자가 말을 하다니, 실로 놀라 자빠질 노릇이다.

알고 보니 그녀는 청각장애인이 아니라 사창가에서의 고통스런 삶으로 인해 실어증에 걸렸던 것이다.

나는 지금까지 이 영화를 스무 번 정도 봤다. 그런데 볼 때마다 이 부분에서 자동으로 찔끔 눈물이 터져 나온다. 춘자가 말을 하는 이 반전이 놀라움과 동시에 커다란 정서적 울림으로 다가오기 때문이다.

관객을 놀랍게 하려고만 반전이 존재한다면 그건 절반의 성공에 그치는 것이다. 그 커다란 반전이 주인공과 주요 인물의 감정에 커다란 파문을 일으킬 때 따라서 관객의 마음도 요동친다.

관객의 마음을 두들겨 반응케 하는 반전이야말로 영화를 살찌우게 하는 작가의 가장 소중한 무기일 것이다.

무려 1시간 이상의 중반부를 강렬하고 흥미롭게 채우려면 끊임없이 서스펜스를 유발해내야만 한다. 바로 그 서스펜스를 만들어내기 위해 작가는 다음과 같이 세 가지 무기를 활용할 수 있다.

첫째, 주인공 외에 안타고니스트와 동지, 사건 유발자 등 다른 캐릭터들을 활용한다.

둘째, 주인공의 삶을 고통스럽게 만든다. 이미 영화 시작부터 매우 나쁜 상황에 놓인 주인공에게 추가로 감당키 어려운 고난을 안겨주면 더더욱 좋다.

명심하라!

관객은 편하게 놀고먹는 주인공을 제일 싫어한다.

셋째, 서프라이즈와 반전을 이용, 계속 관객을 속이고 배반해야 한다. 절대 그들이 짐작하는 방향대로 가면 안 된다.

관객이 영화 내내 계속해서 놀라운 일이 발생하길 원한다는 사실을 결코 잊어선 안 된다.

클라이맥스

클라이맥스는 오르가즘과 같다!

연인이 성관계를 맺는 이유가 뭐든 각각 절정의 순간 만족스런 오르가즘을 느낄 때 행복감이 넘친다.

영화의 클라이맥스는 바로 이 오르가즘이 돼야 한다. 감정적으로 영화가 정점을 이루는 상황이고, 주인공의 운명이 결정되는 순간이기 때문이다.

클라이맥스에서 주인공이 목표를 달성할 수도, 실패할 수도 있다. 살 수도, 죽을 수도 있다.

작가가 제기했던 드라마적 문제와 관객이 영화를 보는 내내 가졌던 커다란 궁금증이 클라이맥스에서 해결된다. 그리고 영화의 주장이 명확히 드러나고, 시각적인 면으로도 절정을 이루는 게 일반적이다. 소위 작가가 작심하고 끝장을 봐야 하는 대목이 클라이맥스다.

만약 클라이맥스가 약하다면 작가가 스토리를 구축해나가다가 어느 순간 갑자기 원래 의도를 놓쳤을 가능성이 높다. 이런 경우 클라이맥스를 지표 삼아 이전 내용을 꼼꼼히 재점검해볼 필요가 있다. 어떤 씬이든, 시퀀스든 클라이맥스와 결말을 향해 달려가는 데 적합지 않다면 다시 고민하고 수정하거나, 아니면 아예 버려야 한다.

만약 관객이 클라이맥스로 시원한 오르가즘의 쾌감을 얻지 못한 채 극장 문을 나선다면, 곧바로 영화에 대해 욕지거리를 내뱉을 것이다.

"뭔 개소리야?"

"야, 이런 영화는 나도 만들겠다."

"괜히 시간낭비만 했네."

그렇기 때문에 작가는 영화 끝부분에 다다를 즈음 자신이 구축하려는 클라이맥스가 관객에게 충분한 매력으로 다가갈지, 그들의 이해를 얻을 수 있을지, 두려운 마음으로 고민을 거듭해야 한다. 왜냐하면 시나리오의 가장 큰 패착이 이 부분에서 빚어지는 경우가 허다하기 때문이다.

시나리오가 막바지에 다다르면 모든 작가는 빨리 마무리하고픈 조바심을 느낀다. 마라토너가 서둘러 레이스를 끝내고 싶은 것과 마찬가지로 그들은 시나리오 마지막 장에 '서서히 페이드아웃 된다. 끝!'이라고 쓰고 싶어 안달이다. 하지만 이런 조급함은 클라이맥스를 망치는 결과로 작용하기 쉽다. 특히 경험이 부족한 작가들이 그렇다.

그렇다면 전율과 쾌감으로 다가와야 할 클라이맥스가 왜 바람 빠진 타이어처럼 밋밋하게 느껴질까?

이유는 간단하다. 클라이맥스에서 드러나는 가장 중요한 '폭로'의 내용이 부실하거나 전혀 매력적이지 않기 때문이다.

'폭로'는 말 그대로 몰랐거나 밝혀지지 않았던 사실이 드러나는 것이다. 그리고 이는 거의 대부분 주인공, 혹은 주요 인물에 대해 관객이 인지하지 못했던 내용이 모습을 드러내는 걸 말한다.

영화에선 작가가 등장인물이나 관객에게 어떤 커다란 비밀을 더 이상 숨길 수 없는 순간이 무조건 오게 돼 있다. 이 비밀이 드러나는 순간 관객의 심장은 놀라 숨이 멎을 듯 요동쳐야 한다.

가장 커다란 진실이 드러날 때 관객은 주인공, 또는 주요인물이 왜 그런 행동을 해왔는지, 위험을 감수하면서까지 그럴 수밖에 없었던 이유가 무엇인지 등을 깨닫게 된다.

더 나아가 관객은 이 부분에서 영화의 의도가 정확히 무엇이었는지도 알게 된다. 작가가 주인공과 그를 둘러싼 인물들의 스토리를 통해 자신의 생각을 밝히는 순간이기 때문이다.

단 이 놀라움은 관객의 동의를 확보해야만 설득력을 갖는다.

〈복수는 나의 것〉에서 야수처럼 격돌하는 주인공 둘의 대결은 동진의 승리로 귀결된다. 클라이맥스에서 동진은 자신의 딸을 유괴해 죽게 만든 류를 냇물 안으로 끌고 들어간다. 그런데 여기서 동진의 대사는 관객의 고개를 갸우뚱하게 만든다.

"너 착한 놈인 거 안다. 그러니까 내가 너 죽이는 거 이해하지?"

동진은 알고 있다, 류가 일부러 딸 유선을 죽인 게 아니라는 걸. 뿐만 아니라 류의 딱한 처지도, 그가 딸을 환대한 사실도 알고 있다.

동진은 번민하는 듯 보이나 결국 무자비하게 물속에서 류의 아킬레스건을 잘라 익사시킨다.

〈밀양〉의 클라이맥스에서 신애는 사과를 먹다가 뜬금없이 허공을 올려다보며 "봐? 보여?"라고 말한다. 자신의 고통을 외면하는 신을 향한 마지막 투정이요, 도전이다.

카메라가 빠지면 관객은 그녀가 칼로 손목을 그은 사실을 알게 된다. 하지만 그녀는 끝까지 신과 맞서지 못한다. 연약한 그녀는 곧바로 밖으로 뛰쳐나가 사람들에게 살려달라고 외친다.

〈마더〉의 클라이맥스에서 엄마의 캐릭터 변화는 실로 관객을 놀라자빠지게 만든다. 도준의 결백을 밝힌다며 모든 걸 걸었던 그녀는 고물상 사내의 증언을 통해 자신의 믿음이 배신당한 사실을 깨닫는다.

경찰이 곧 도준을 풀어 주려 한다는 엄마의 말에 고물상 사내는 신고하려고 전화 송수화기를 집어 든다. 어쩔 수 없이 그녀는 아들을 보호하기 위해 주저 없이 그를 둔기로 때려죽인다. 도준의 결백을 밝히려던 그녀의 목표는 전광석화처럼 그에게 해가 되는 어떤 존재도 세상에서 흔적을 지우겠다는 의지로 수정된다.

부지불식간에 바뀐 그녀의 새 목표는 달성된다. 따라서 도준은 풀려난다.

이처럼 클라이맥스에서 드러나는 폭로는 사건적으로 영화 앞부분의 '드라마적 문제'를 해결하기도 하지만, 동시에 주인공의 참모습을 드러내는 '캐릭터 폭로'로도 활용된다.

영화에서 주인공이 클라이맥스에서 완전히 새로운 모습을 드러내는 경우를 종종 볼 수 있다. 관객은 자신들의 믿음을 배반하는 이런 주인공의 모습을 보며 놀라움을 느낀다.

그런 면에서 〈마더〉의 엄마가 참모습을 드러내는 씬은 보면 볼수록 충격적이다. 그녀가 아들이 살인범이라는 사실을 알았을 때 고물상 사내를 살해할 거라고 예측한 관객은 단언컨대 단 한 명도 없다. 점쟁이라면 몰라도.

아마 엄마 자신도 스스로 살인할 수 있다고 단 한 번도 생각해본 적이 없었을 것이다.

그렇다면 무엇이 그녀가 충분히 그렇게 행동할 수 있다고 관객으로 하여금 이해할 수 있게 만드는 걸까? 그 답은 내재된 그녀의 결핍과 욕망에서 찾을 수 있다.

엄마는 도준이 어렸을 때 농약을 먹고 동반자살하려 했다. 아마도 실패로 끝난 이 사건이 그의 지적장애를 초래했다고 충분히 추측해볼 수 있다. 물론 지적장애 아들과 살기가 너무 어려워 동반자살을 선택했을 수도 있다. 영화는 이에 대해 명확히 설명하지 않는다.

어쨌든 성공했다면 그녀 말처럼 하늘나라 꽃밭에서 알록달록 손 붙잡고 살았을 테지만 살아남은 이상 모자는 '죽으나 사나 함께'라는 운명공동체가 돼버렸다.

이유 불문하고 아들을 지켜야 한다는 욕망과 평생 떨어져 살 수도 있다는 두려움이 순간 그녀의 무의식 속에서 작동하며 자동적으로 둔기를 들게 만든 것이다.

이처럼 무조건 아들을 지키겠다는 엄마의 일그러진 자세는 초반 아들이 길바닥에 눈 오줌을 그녀가 신발로 흐트러뜨리는 모습에서 예견된다. 그녀에게 보편적 옳고 그름은 중요한 게 아니다. 무조건 아들을 지키는 게 선이고, 아들에게 해가 되는 건 다 악이다. 그런 것들은 모두 신발로 밟아 흐트러뜨리듯 없애버리겠다는 것이 그녀의 숨겨진 마음이다.

엄마의 충격적인 '캐릭터 폭로'는 이후 장면에서 연이어 드러난다. 그녀는 도준을 대신해 살인범으로 갇힌 다운증후군 청년 종팔을 찾아가 엄마가 없느냐며 눈물을 흘린다. 그를 불쌍히 여기는 마음이라기보다는 죄책감에서 비롯된 오열이다. 너무나 사악하다.

그럼 과연 우리는 어떤가?

대부분의 인간은 나름 자신이 꽤 선하며 그럴싸한 사람이라고 생각한다. 나도, 당신도 그럴 것이다.

〈마더〉의 클라이맥스에서 연이어 드러나는 엄마의 모순과 위선을 통해 작가는 인간의 한심한 실체를 적나라하게 지적한다.

〈복수는 나의 것〉의 동진과 〈밀양〉의 신애도 클라이맥스에서 관객의 예측과 전혀 다른 모습을 드러낸다.

딸이 죽기 전까지 동진은 아마도 자신이 누군가를 죽일만한 위인일 거라고는 상상도 못했을 것이다. 그럼에도 불구하고 그는 살인을 밥 먹듯 하다가 결국 류도 무참히 죽여 버린다. 이런 동진의 변화에 관객은 놀라지만, 동시에 충분히 이해하며 받아들인다.

신애는 영화 내내 오락가락하는 캐릭터로 일관한다. 과부인 그녀는 자신의 약함을 감추려고 여러 사람 앞에서 일부러 강한 척 허세를 부린다. 심지어 친동생 앞에서도 말이다. 신애는 주제넘게 아들 준을 유괴, 살해한 도섭을 신의 이름으로 용서하겠다고 선언한다.

하지만 도섭을 용서하겠다는 신애의 주장은 처음부터 어이없는 생각이다. 솔직히 그녀에겐 그를 용서할 능력이 전혀 없다. 어리석은 그녀는 자신보다 신이 먼저 용서했다는 도섭의 말에 분노한다.

그럼 여기서 한 번 논리적으로 신애의 분노를 분석해보자!

만약 애초에 그녀가 도섭을 용서하려던 게 순도 1백 퍼센트의 진심이었다면, 신이 먼저 용서했든 말든 그게 뭐가 그리 중요한가?

그녀는 별의별 기행 끝에 자살로 신과 맞서려 하지만 결국은 죽음의 두려움을 감당치 못한 채 살려달라고 거리로 뛰쳐나간다.

이처럼 주인공의 참모습이 드러나는 '캐릭터 폭로'는 최대한 늦출 수 있을 때까지 뜸을 들여야 한다. 작가는 드라마적 파괴력이 가장 강력하게 쓰일 수 있을 때, 즉 관객에게 '캐릭터 폭로'가 가장 적절하다 생각할 때 터뜨려야 한다.

중요한 비밀을 오래 감추면 감출수록 서스펜스는 강해진다. 이건 마치 연애와 마찬가지다. 상대방과 게임을 하듯 작가는 관객과 게임을 해야 한다. 더 적나라하게 얘기하면 연애박사가 효과적으로 상대를 갖고 놀 듯 작가도 능수능란하게 관객을 요리해야 한다는 것이다.

관객으로 하여금 무슨 일이 벌어질까를 계속해서 추측하게 하고, 이를 연이어 배반하는 게 작가의 숙명이다. 물론 어떤 경우든 이는 무조건 '유쾌한 배반'이어야 한다.

가끔 클라이맥스에서 드러나는 다른 주요 인물에 관한 '캐릭터 폭로'가 주인공에게 곤란한 선택을 강요하는 경우가 있다. 이럴 경우 관객은 주인공이 과연 어떤 선택을 할지 호기심을 갖고 영화를 지켜보게 되고, 따라서 서스펜스 지수도 올라간다.

〈뮤직 박스〉(코스타 가브라스 감독, 1989)의 주인공 앤 탈봇 변호사는 나치전범으로 몰린 아버지 마이크 라즐로를 변호, 결국 승소한다. 하지만 그녀가 확보한 뮤직 박스에서 라즐로가 전쟁범죄자임을 입증하는 사진들이 여러 장 쏟아진다.

관객은 이제 그녀가 어떤 선택을 할지 숨죽이며 지켜본다. 그녀는 결국 그릇된 가족사랑 대신 정의를 선택, 증거물을 검찰에 보낸다.

〈올드보이〉에서 영문도 모른 채 15년간 감금됐던 오대수는 복수의 일념으로 긴 세월을 버티다 풀려난다. 그는 복수심을 불태우며 자신을 가둔 자를 찾아 나선다.

하지만 실상 대수는 복수하는 자가 아니라 복수의 대상이었다. 그리고 긴 감금은 그 상대인 이우진이 치밀하게 계획한 복수의 준비단계일 뿐이었다.

클라이맥스에서 동창인 이우진은 대수에게 학창시절 그의 가벼운 입놀림 탓에 사랑하는 누나를 잃은 사실을 알려준다. 우진과 그의 누나는 근친상간하던 오누이였다.

우진은 지난 며칠간 대수가 성관계를 맺은 미도가 죽은 줄 알았던 그의 딸임을 알려준다. 대수의 복수가 아니라, 자신이 당한 대로 똑같이 갚아주겠다는 우진의 복수가 달성된 셈이다.

이 상황에서 대수의 목표는 복수에서 어떻게든 딸 미도가 근친상간 사실을 모르도록 조치하는 것으로 바뀐다. 대수는 미도에게 이 사실을 알리지 말라며 우진에게 매달린다. 결국 대수는 우진 앞에서 개처럼 기며 멍멍 짖다가 속죄의 대가로 자신의 혀를 자른다.

영화 속 이런 강도의 폭로는 효과가 엄청나게 강렬하고 때론 극단적이다. 이런 폭로는 잠시 주인공을 충격에 빠뜨린다.

하지만 이런 상황에서도 주인공은 곧바로 충격을 딛고 일어나 다시 힘을 내서 마지막 목표달성을 위해 달려가야 한다. 그리고 작가는 이런 주인공의 모습을 극적으로 묘사하는 데 공을 들여야 한다. 왜냐면 이 부분에서 관객이 미처 몰랐던 주인공의 참모습을 발견하게 되기 때문이다.

“영화에서 클라이맥스는 오르가즘이다!”

이보다 더 클라이맥스를 잘 설명하는 말은 없을 듯하다. 오르가즘이 육체적, 정신적 쾌락의 폭발이듯 영화의 클라이맥스도 짜릿한 전율이 느껴지는 절정의 순간이어야 한다.

결말

아름다운 뒷정리

손에 땀을 쥐며 달려온 영화는 클라이맥스를 기점으로 마치 비행기가 급 하강하듯 서둘러 결말로 치닫는다.

영화 전반부 제기된 드라마적 문제로 인해 어떤 특별한 목적을 지닌 채 고군분투해온 주인공의 운명은 궁극적으로 결말 부분에서 명확히 결정된다. 더불어 클라이맥스에서 미처 해결을 보지 못한 다른 문제들도 여기서 최종 정리된다.

클라이맥스에 이어지는 결말은 영화의 성패를 좌우하는 데 매우 중요한 또 다른 요소로 작용한다. 깔끔하지 못한 해결은 공든 탑을 무너뜨리는 것과도 같다.

장편영화의 경우 클라이맥스에서 가장 중요한 드라마적 문제가 해결됐다고 해도 급작스럽게 영화를 끝맺음 할 수 없는 이유는 크게 세 가지다.

1) 아직도 관객이 알고 싶은 내용 중 시원하게 풀리지 않은 게 남아있다.

모든 정보를 낱낱이 알리지 않은 채 서둘러 끝내버린다면 관객은 궁금증에 목마른 채 극장을 나서게 되고, 결국 이곳저곳에 영화에 대한 험담을 늘어놓을 것이다. 작가는 관객이 이런 불만을 갖지 않도록 결말에서 그들이 알아야 할 모든 내용을 깔끔하게 정리해줘야 한다.

〈복수는 나의 것〉에서 동진은 류의 아킬레스건을 칼로 자른 후 그가 물에 빠져 죽는 걸 차가운 시선으로 지켜본다. 여기서 일단 클라이맥스는 마무리된다.

복수를 완성한 후 허탈한 표정으로 차에 앉아있던 동진은 병원으로부터 걸려온 전화를 받는다. 자신이 살리려 했던 팽기사의 아들이 죽었으니 시신을 인수하러 오라는 거다. 동진은 전화를 잘못 걸었다고 하며 끊는다.

이어서 동진이 류의 시신을 묻기 위해 땅을 파는데, 갑자기 트럭 한 대가 나타나고 네 명의 사내가 내린다. 그들은 죽은 영미의 복수를 위해 나타난 아나키스트테러조직이다.

네 사내는 번갈아 동진을 칼로 찌르고, 그중 하나가 차에 기댄 채 죽어가는 그의 가슴팍에 사형판결문을 쑤셔 넣는다. 동진은 숨을 헐떡이며 영미가 죽기 전에 살려달라며 했던 말을 떠올린다.

"나한테 무슨 일 생기면 우리 조직 테러단체니까 아저씨 죽어, 백 프로, 확실히!"

동진은 자신이 토막 낸 류의 시신이 담긴 쓰레기봉투 앞에서 서서히 숨을 거둔다.

〈밀양〉에서 자살을 기도한 신애는 살아난다. 종찬은 서울에서 내려온 그의 남동생을 데리고 퇴원하는 신애를 맞으러 병원으로 간다. 남동생은 차안의 십자가를 보며 묻는다.

"요새도 교회 다니세요?"

종찬이 대답한다.

"네. 처음엔 신애 씨 때문에 다녔는데 이제는 버릇이 돼서 다닙니다. 안 나가면 섭섭하고 나가면 마음이 좀 편안해집니다."

짝사랑하는 신애 때문에 다니던 교회를 이제 종찬이 자발적으로 나간다는 건 굉장한 아이러니다.

병원에 도착한 종찬은 자신이 사준 옷을 입고 퇴원하는 신애에게 꽃을 건넨다. 그런데 신애는 머리를 자르고 싶다고 한다.

둘은 미장원에 가는데 하필 거기서 미용사가 된 도섭의 딸을 만난다. 잠시 후 신애는 도저히 참을 수 없다는 듯 뛰쳐나가고 영문을 알지 못하는 종찬은 뒤를 따른다.

"왜 그래요, 신애씨?"

"날 이 집에 왜 데려왔어요?"

"머리 자르려면 미장원에 와야지요?"

"왜 하필, 이 집, 오늘 이 집에 데려왔냐고요?"

말을 마친 신애는 고개를 치켜들어 하늘을 노려본다.

아직도 그녀는 신에 대한 원망을 극복하지 못했다. 우연한 원수 딸과의 조우조차 신의 의도적 괴롭힘으로 여기고 있는 것이다.

결국 집으로 돌아온 그녀는 마당에 앉아 스스로 머리를 자르려 하는데 종찬이 나타나 거울을 받쳐준다. 잘린 머리카락이 바람에 흩날린다.

〈마더〉의 엄마는 아들 도준을 경찰에 신고하려는 고물상 사내를 둔기로 때려죽인 후 이를 은폐하기 위해 불을 지른다.

살인 후 숲에서 잠시 잠들었던 그녀는 갈대밭을 가로질러

간다. 관객은 여기서 영화의 프롤로그 장면을 떠올린다. 왜 그녀가 생뚱맞은 춤을 추었는지 명확히 알게 된다.

이제 약재상의 일상으로 돌아간 그녀를 형사가 찾아온다. 형사는 그녀에게 기도원에서 탈출한 다운증후군의 종팔이 진범이라고 한다.

형사들은 차를 타고 가며 종팔의 옷에서 죽은 여학생 아정의 혈흔이 검출됐다고 얘기한다. 사실 그건 아정의 코피인데 말이다. 그런데 종팔이 결코 진범이 아님을 아는 그녀는 뻔뻔하게도 "종팔이 걘 왜 그랬다니?"라고 묻는다.

형사들의 만류에도 불구하고 종팔을 면회 간 그녀는 한술 더 뜬다. "너 부모님은 계시니? 엄마 없어?"라며 울먹인다.

불쌍한 종팔이 오히려 "울지 말라!"며 그녀를 위로한다.

풀려난 도준은 오랜만에 집에서 엄마와 함께 밥을 먹는다. 방금 전 종팔 앞에서 그토록 울먹였던 그녀는 마치 언제 그랬냐는 듯 태연하게 아들에게 닭백숙을 먹인다.

갑자기 도준이 엄마에게 묻는다.

"종팔이는 왜 그 시체를 옥상 위에 올려놨을까, 그 높은 곳에?"

이 말을 들으며 관객은 새로운 사실을 깨닫는다. 비록 지적장애자이지만 도준 역시 엄마와 마찬가지로 위선을 떨고 있다는 걸.

도준은 계속 "내 생각엔 잘 보이라고 한 거 아닐까? 피 질질 흘리니까 병원 데리고 가라고. 그래서 사람들 제일 잘 보이는 데다 올려놓은 거 아닐까?"라고 말한다.

도준은 엄마와 관객에게 거짓말을 하면서 동시에 자신이 일부러 죽인 건 아니라고, 누군가가 빨리 그녀를 발견해 병원에 데려가길 바랐다고 항변하는 모순된 모습을 보인다.

마지막으로 도준은 나들이 떠나는 엄마를 배웅 나온다. 도준은 엄마에게 불에 글린 양철침통을 건넨다. 석방되던 날 도준이 불탄 고물상 잔해더미에서 찾아낸 침통이다.

이 새로운 정보를 접한 엄마도, 그리고 관객도 놀란다. 도준도 엄마가 고물상 사내를 살해했음을 알고 있었던 것이다.

위에서 거론된 클라이맥스 이후, 결말부분에 등장하는 모든 정보는 관객이 영화를 명확히 이해하는 데 큰 도움을 준다. 자살시도 후 신애가 어떻게 됐는지, 영화 초반 영미가 떠들어대던 혁명조직은 과연 존재하는 것인지, 엄마의 살인이 어떤 결과를 낳는지 등은 관객이 알고 싶어 하고, 더 나아가 꼭 알아야만 하는 정보들이다.

이런 보석 같은 정보들을 풍부하게 제공함으로 관객의 궁금증을 완전히 해소케 할 때 그들의 만족감은 하늘을 찌를 것이다.

2) 영화는 결말을 통해 관객에게 통찰력을 제기해야 한다.

관객을 일깨우는 건 어쩌면 이야기 자체보다 더 중요한 일일 수도 있다. 그러므로 작가는 어떤 방식으로 관객에게 자신의 생각을 전달할지 깊게 고민해야 한다.

만약 한 관객이 두 시간 이상의 시간을 할애하고 나서 아무런 깨우침도 얻지 못한 채 극장을 나선다면, 분명 얼마 지나지 않아 그의 기억 속에서 영화는 완전히 지워지고 말 것이다. 그것처럼 허망한 일이 어디 있겠는가!

〈밀양〉의 신애는 미장원 씬에서 여전히 신을 향한 울분을 극복하지 못한 모습을 보이나, 그래도 작가는 신애의 삶이 조금씩 변화하리란 암시를 마지막 두 씬을 통해 보여준다.

집으로 돌아오는 길에 신애는 옷가게 여자를 만난다. 그녀는 신애가 전에 조언한 대로 가게 인테리어를 화사한 색으로 바꿨다고 얘기한다. 전에 그녀는 인테리어에 대해 조언하던 신애를 주제넘다고 비아냥댄 바 있다.

그랬던 여자가 변한 것처럼 장차 신애도, 또 불행으로 점철된 그녀의 인생도 바뀔 수 있다는 가능성을 보여준다.

햇볕이 내리쬐는 마당에서 신애는 스스로 머리를 자르려 한다. 이 역시 향후 그녀가 스스로 불행을 딛고 일어서리란 것을 암시한다.

어느새 나타난 종찬은 거울을 들어준다. 그는 변함없이 신애를 지켜주는 수호천사다.

〈복수는 나의 것〉에서 동진이 팽기사의 아들이 죽었다는 전화를 받는 건 이제 그가 완전히 세상과 단절됐음을 암시한다. 만약 팽기사의 아들이 살아나기라도 했다면 동진은 의욕적으로 뭔가 그를 위해 하려 했을지도 모른다.

마지막으로 동진을 처단하는 어설프면서, 동시에 섬뜩한 테러단체원들의 모습에서 일그러진 자본주의의 심장에 사형판결문을 처박고 싶은 작가의 의중을 다분히 읽을 수 있다. 하지만 불행히도 이 테러단체의 칼날은 프롤레타리아를 핍박하는 최고위계급이 아니라, 밑바닥 출신으로 자본주의 질서에 발맞춰

조금 도약했다 몰락한 한 소상공인의 가슴팍에 박혔다.

클라이맥스에서 결말로 이어지는 류와 동진의 연이은 죽음을 보며 이 견고한 자본주의의 틀이 결국 가지지 못한 자들끼리의 싸움만을 조장하는 게 아닌가 하는 암울한 생각이 들었다.

자본주의의 숭배대상인 돈이 결국 가지지 못한 자들을 모두 다 잡아먹지 않았는가!

병원에서 콩팥을 찾았다고 했을 때 류에게 단돈 1천만 원만 있었어도 누나도, 유선도, 영미도, 동진도, 그리고 류 자신도 죽지 않았을 테니 말이다.

3) 결말은 관객에게 클라이맥스의 결과에 대한 충분한 정서적 반응의 시간을 허락해야 한다.

클라이맥스에서 드라마적 문제가 해결되고 주인공의 운명이 결정되는 걸 보며 관객은 커다란 감정적 반응을 드러낸다. 작가는 관객이 어떤 반응을 보일까를 미리 예측하고 이들로 하여금 마음을 추스를 충분한 여유를 줘야 한다.

슬픈 영화의 경우 결말은 카타르시스, 혹은 정화의 기능으로 작용한다. 주인공의 비장한 죽음에 눈물 쏟기 시작한 관객은 한동안 그 아픈 감정에 사로잡혀 있길 원한다. 이럴 경우 작가는 관객의 심리를 십분 활용, 그들을 최대한 길게 슬픔의 늪에 머물게 해야 한다.

만약 이런 부분을 고려하지 않은 채 바로 크레디트가 올라가고 극장불이 켜진다면 어찌 되겠는가? 당연히 관객은 크게 아쉬워 할 것이다.

클라이맥스가 매우 충격적인 경우라도 마찬가지다. 관객이 자신들이 막 경험한 상황을 충분히 소화하고 생각할 정서적 여유를 제공해야만 한다.

〈마더〉에서 엄마를 응원하던 관객은 그녀가 고물상 사내를 때려죽이는 걸 보며 충격에 빠진다. 공격적 성향이라곤 전혀 없는 듯 보였던 그녀의 살인보다 이후 들키지 않기 위해 뒤처리를 하는 대담한 모습이 더 놀랍게 다가온다.

고물상 방화 후 산을 넘어온 그녀는 숲속에서 잠에 빠져든다. 살인의 흥분이 가시고 난 후 밀려오는 피로 때문이었을까?

깨어난 그녀는 갈대밭을 가로질러 걷는다. 관객은 오프닝에서 그녀가 췄던 우스꽝스러운 춤을 연상한다.

영화는 살인 이후 그녀가 약재상으로 돌아가기까지의 모든 상황을 매우 긴 호흡으로 보여준다. 관객에게 엄마의 살인을 정서적으로 소화할 충분한 시간을 할애하고 있는 것이다.

〈마더〉의 피날레를 장식하는 두 씬은 영화사에 길이 남을 명장면이다.

도준이 버스정류장으로 나들이 떠나는 엄마를 배웅 나온다. 그는 불탄 고물상 잔해더미에서 찾은 양철침통을 건네며 "이런 걸 막 흘리고 다니면 어떡해?"라고 꾸짖는다.

엄마는 이 순간 아들과 범죄로 맺어진 운명공동체임을 확실히 깨우친다. 그녀는 고물상 사내를 때려죽임으로 아들을 구했고, 반대로 아들은 범죄현장에서 침통을 빼돌림으로 엄마를 구했다. 복받쳐 오르는 죄의식을 참을 수 없는 듯 그녀는 서둘러 아들을 외면한 채 버스로 달려간다.

버스 안, 아줌마들이 막춤삼매경에 빠진 사이, 그녀는 스스로 자신의 허벅지에 침을 놓는다. 지금까지 벌어진 모든 나쁜 일, 심지어 살인의 죄의식마저 떨쳐버리고픈 그녀의 무서운 욕망이 섬뜩하다.

침을 놓은 후 그녀는 강렬한 석양빛이 스며드는 버스 안에서 막춤을 춘다. 도대체 뭘 의미하는 몸부림일까?

관객은 길게 흐르는 이 장면을 보며 이해할 듯, 하지만 이해할 수 없는 정신적 분열에 빠진다.

작가는 파렴치한 그녀의 모습을 통해 관객 개개인이 스스로의 모순과 위선, 그리고 일그러진 욕망을 깨우치게 하려던 건 아닐까!

어찌 됐든 관객은 복잡한 감정으로 미친 듯 흔들리는 마지막 장면을 지켜볼 수밖에 없다.

〈복수는 나의 것〉에서 동진이 팽기사의 아들이 죽었다는 전화를 받을 때 관객은 그가 느끼는 절망에 공감하며 아파한다.

전화가 잘못 걸렸다며 끊는 동진의 모습은 세상 경계 밖으로 밀려난 한 불쌍한 사내의 초상이다. 관객은 측은지심을 느낀다. 그리고 동시에 자신들이 그의 처지가 아님에 안도한다.

〈밀양〉의 마지막 장면에서 카메라는 흐트러지는 신애의 머리카락을 따라가다 더러운 물구덩이를 비추는 햇볕에 주목한다.

과연 그 햇볕은 무엇을 의미할까?

그녀가 의지하려 했던 신일까?

아니면 말없이 계속 그녀의 곁을 지켰던 종찬일까?

마지막에 와서야 관객은 영화 초반 신애가 뜻을 풀어 설명했던 '밀양'(비밀의 햇볕)이 종찬이 아닐까란 생각을 하게 된다.

그녀는 모든 걸 잃었다며 슬퍼했지만 종찬은 늘 묵묵히 그녀의 곁을 지키고 있었다. 그게 신의 섭리이든 아니든, '은밀한 햇볕'인 종찬으로 인해 신애의 삶이 조금씩 나아질 것이라고 관객은 기대한다. 그리고 흐트러지는 머리카락처럼 그녀의 아픔도 서서히 사라져갈 것이라고.

만약 세 편 영화 모두 클라이맥스에서 급작스럽게 끝났다고 가정해보자!

관객은 클라이맥스 이후 상황에 관한 충분한 정보를 얻지 못해 고개를 갸우뚱거릴 테고, 결국 다양한 해석이 난무할 수밖에 없을 것이다. 또한 어떤 감정과 깨우침으로 방금 본 영화를 정리할지에 대해서도 혼란스러워 할 것이 분명하다.

떠난 자리가 아름다워야 한다는 말처럼 좋은 영화는 마무리가 훌륭해야 한다. 고로 스스로 만족하고, 궁극적으로 관객이 만족할만한 결말을 찾을 때까지 작가는 절대 '페이드아웃. 끝!'을 선언해선 안 된다.

시나리오,
세상에서 가장 쉽게 쓰기

1판 1쇄 인쇄 · 2022년 02월 10일
1판 1쇄 발행 · 2022년 02월 17일

지은이 · 이무영
펴낸이 · 홍행숙
펴낸곳 · 문학의문학
디자인 · 김경일

등록 · 105 91 90635
주소 · 서울 구로구 개봉로 3길 87 103동 103호
대표전화 · (02) 722-3588
팩스 · (02) 722-3587

ISBN · 979-11-87433-26-2 (03800)